青岛市文艺精品扶持项目

长诗

桃花园记

陈亮 著

花山文艺出版社

河北·石家庄

图书在版编目（CIP）数据

桃花园记 / 陈亮著. -- 石家庄：花山文艺出版社，
2021.11(2022.3 重印)
　ISBN 978-7-5511-6002-5

　Ⅰ.①桃… Ⅱ.①陈… Ⅲ.①诗歌－中国－当代
Ⅳ.①I227

中国版本图书馆CIP数据核字(2021)第246474号

书　　　名：**桃花园记**
　　　　　　Taohuayuan Ji
著　　　者：陈　亮
责任编辑：于怀新
责任校对：张凤奇
封面设计：祝玉华
美术编辑：胡彤亮
内文设计：青岛光合时代文化传媒有限公司
出版发行：花山文艺出版社（邮政编码：050061）
　　　　　　（河北省石家庄市友谊北大街330号）
销售热线：0311-88643221
传　　真：0311-88643234
印　　刷：三河市兴国印务有限公司
经　　销：新华书店
开　　本：880 毫米 × 1230 毫米　1/32
印　　张：5.875
字　　数：147千字
版　　次：2021年11月第1版
　　　　　　2022年3月第2次印刷
书　　号：ISBN 978-7-5511-6002-5
定　　价：58.00元

此诗献给我的故乡"北平原"和北平原上即将消失的桃花园，以及那些在此消散或疯癫的亲人。在我的心里，桃花园永在，亲人们永生。

——题记

乡村记忆、奇人形象和文类自觉
——评陈亮的《桃花园记》

◎伍明春

  在我们所处的这个移动互联时代，虚拟世界裹挟着人类的欲望不断扩张，乡村已然退居为一个遥远而模糊的背景，甚至被越来越多的互联网原住民们彻底遗忘。"田园将芜"的悠长慨叹，穿越了广阔的时空，不仅仅对应于当下诗歌中的某种抒情话语，更在无可回避的乡村普遍空心化的现实境遇中得到全面印证。在此时代语境之下，不少诗人的写作要么流连于都市生活的物质魔力而迷途忘返，要么陷于网络社会制造的巨大泡沫而毫不自知。陈亮却以一首长诗《桃花园记》，固执地为我们呈现了一个现实而又奇幻的乡村世界，打捞并穿织起关于这个世界的纷繁记忆，通过对乡村记忆的回望式抒写和想象性重构，呼应了"让城市留住记忆，让人们记住乡愁"的新时代召唤，进而标示出与移动互联时代奇异社会景观的一个鲜明比照。这样的诗歌话语可谓弥足珍贵，甚至带有几分悲壮意味。

乡村想象的美学重构

  贯穿于这部长诗始终的"桃花园"，显然不是一个现实空间，而是作者苦心孤诣构筑的一个精神性所在，寄托了诗人关于生命、爱情、人性等命题的思考。不过，需要指出的是，"桃花园"这一关键词所指向的，既不是西方文化中具有鲜明母题意义和终极内涵的"伊甸园"，也不同于中国古典诗学意义上作为文人精神避难所的"桃花源"，而是一个全面接通乡村文化鲜活脉络的记忆共同体和想象共同体。在"桃花园"里，那些像桃花一般美丽而脆弱的女性，仿佛一群大地上翩跹行走的天使，引领着抒情主人公的成长路径："那时候，我信赖的玩伴几乎全是丫头/她们善良、柔美，我们经常腻在一起/我相信她们都是桃花托生的"。与之相呼应，桃花园的孩子们都以他们独特的方式，捏制哨子，捏制狮、虎、豹，甚至捏制出一群弟弟妹妹，进而建立起突出的自我形象和独立的生命秩序："每个孩子都会捏制一个小小的桃花园/然后，将象征自己的泥人/毫不犹豫地坐在了园子的中央——"小桃花园与大桃花园之间，形成一种互动相生的同构关系，不断地丰富这个想象场域的内在意涵。

更值得注意的是，诗人在"桃花园"为我们叙述了一种另类的"创世纪"神话：不仅"我"的诞生方式富有颇为浓厚的传奇色彩，是从一个来历不明的蛋，"在被窝里被母亲搂着暖着""孵化而出"的，"桃花园里还有一些孩子是大人们网鸟时/从大风里截回来的/在河汊里摸鱼从浑水里摸上来的/天上下雨从大雨点子里捡下来的/在野外里挖地瓜从土里挖出来的/在沟里耙草用竹耙耙出来的/摘桃子时从一些大的桃子里面变出来的"。这些形形色色、怪异十足的生命诞生方式，造就了桃花园独特而丰富的生态环境。生命的起源和世界的形成，在这里已然脱离经典理论的既有论述框架，而是与具体、生动的乡村经验紧密相连，形成一条自洽的情感逻辑生成线索。这无疑是一种颠覆性的改写。需要说明的是，此番改写不仅是一种儿童视角的想象生发，也是作者对于乡村记忆的凸显与强化，这一点在诗中的其他部分也得到充分的表现："每个孩子都会捏制和自己相似的泥人／埋在了土里。大人们说／——用针扎出指头的血涂抹在／泥人的心上，十个月后／就会种出自己梦中心仪的弟弟和妹妹"。如果说中国上古神话女娲抟土造人的叙事所采取的是一种全知全能的上帝视角，诗人在这里却赋予每一个桃花园里的孩子某种特殊的力量，让他们都成为自己的上帝，让每一个孩子都参与世界的创造。在笔者看来，产生叙述视角转变的内在动因，一方面是诗人深厚的乡村情结，另一方面来自诗人的悲悯情怀。二者相互生发，形成一股巨大的合力。

与这部长诗所描述的生命起源性语境相呼应，诗里出现的"没有长出羽毛的巨大鸟婴"，既是诗人自我形象的一种变形，也可以看作是人类形象的一个隐喻。这个形象是在鸟类的俯瞰视角的观照下产生的。对于"过路的小鸟"来说，作为观照对象的人类形象显得那么幼稚羸弱，甚至有点丑陋可笑：一方面体型十分庞大，另一方面却没有长出羽毛和翅膀。在乡村背景之下展开的想象重构中，人类自以为是的优越感被大大消解了。而对于自我形象的建构来说，"鸟婴"一词又指向某种未来和希望，暗示了飞翔的渴望和变形的可能。如此，上述两种形象之间产生了一种悖论式的关联。这种悖论式关联，也体现在梯子意象的双重内涵的演绎上。在这首诗里，梯子意象在虚实之间不断变幻，有时是少年努力摆脱父亲形象阴影，登上屋顶进而发现新世界的有力工具，有时却无端地消失于某种无形的力量("被月亮上的人收走")，令人不禁心生敬畏。这种变幻既展现了少年想象空间的无限可能，也揭示了现实世界的狭隘与有限。

为了展示乡村记忆的多重内涵，诗人在这部长诗中还为我们呈现了桃花园独特的语言景观。这个语言景观的独特性显然并不诉诸人类文化资本的大肆炫耀，而是紧贴大地的脉搏，投身于旷野之中，让我们的语言和心智获得新的活力和更大的生长性："那时候，我对大人的话不感兴趣／但动物们的话却学了不少／很长一段时间，我结结巴巴说的话里／会有鸡的话鸭的话猪的话牛的话羊的话或鸟的话——"，当一本正经的所谓"大人的话"，与生动鲜活的"动物们的话"发生龃龉时，后者却明显占了上风，因为二者相比，"动物们的话"发出的是一种"动物们才有的欢快的声音"，与抒情主体内心的声音具有某种天然的亲和性。这里表达的主题，与其说是抒情主体对于成人世界的拒绝与疏离，不如说是呼吁人类重新回归到一个和谐、多元的自然生态系统之中。桃花园的独特语言景观的更精彩之处，是作者通过"风"这一无形却又无所不在的媒介，让乡村里人们的话语不断发生变形，变幻出多元丰富的面孔：梦呓、大话、枕边风的话、过去的话、现在的话、莫名其妙的话，等等，并且与其他动物的声音、植物的气息构成了一种对话或交响的复杂关联："风在桃花园传送的更多的是／鸟鸣、虫叫，动物的嘶喊／植物的香气——人在梦中无意中说出的梦话／被风吹过来就是一团团的雾气"。其中"梦话"无疑离日常话语最远，也最接近诗歌话语，因而被作者赋予某种轻逸空灵的美学气质，置于一个举足轻重的地位。

引领成长的各色"奇人"

值得注意的是，《桃花园记》塑造了一群各具特色的"奇人"形象。这些形象的作用在于：一方面营造了这首长诗的某种魔幻现实主义色彩，另一方面也有力地烘托、突出了诗中的抒情主体形象。作品的一开头，就出现了一位来路和去向均不明、颇具奇幻色彩的"卖后悔药的老人"："谁也不知道他来自哪里，姓甚名谁／他总是停顿在七十多岁的年纪／白发飘飘，红光满面，没有脚印——"，不仅如此，作者甚至还煞有介事地向我们介绍起"后悔药"的独特配方及其神奇"疗效"："据说后悔药只能用当年春风／吹开的第一批桃花做引，再辅以清晨第一缕／被阳光照彻的露水才有奇效／据说他的药可以让人暂时／不再受到后悔的折磨，仿佛回光返照"。所谓"后悔药"，其实是指向某种时代痼疾的一个隐喻。这个"白胡子老头"后来还在长诗的其他部分以不同的面目和方式数次出现，可以说是一个贯穿全诗的线索性的存在。除这个怪异人物形象之外，诗中还先后出现了缔造桃树林的"游方道人"、带来谶语的"从海边来的江湖郎中"、与桃花园结怨的"从沙子口来的渔人"、说着半截子话"快来了"的闲蛋等各色人物，这些形象构成了长诗叙事结构和抒情语境的重要支点。

不过，围绕抒情主体成长的更为鲜活、丰满的"奇人"形象，当属一系列女性形象。她们和抒情主体之间具有一种天然的亲密关系，成为引领抒情主体成长的特殊力量。首先是母亲形象的变异处理。在作者笔下，作为生命源头的母亲，居然以孵化的方式让"我"得以诞生："那时候我还只是一个蛋／在轻微地颤动、膨胀／拿回家放在被窝里被母亲搂着暖着／第二天一早我就孵化而出——／出生时眉心有一簇稀疏的白毛／直到过了百日才渐渐变成黑色"。这种堪称奇特的诞生方式，并没有减弱母亲和"我"之间的紧密的生命连接感，却明显淡化了父亲角色的存在感。

如果说母亲形象更多的是作为守护者出现，那么，其他女性形象则更直接地参与了抒情主体生命的成长过程。她们往往天赋异禀，既具有在人间的肉体凡胎，又具有超越人间的神秘面目。譬如，出现于抒情主体童年时代的"天"："生得粉嫩无匹／出生时额间带一天然红痣／艳若桃花，小名曰：天／她从小爱吃桃树的胶，身子白皙透明／她偶吐非人之语，宛如神启／每每让人醍醐灌顶或大惊失色"。这个在人世间只逗留了短短四年的小女孩，来去匆匆如同一个飘逸的天使，却在抒情主体的童年时代打下深刻的烙印。而干娘家的七姐妹更是人人都美丽且身怀绝技，为抒情主体的成长带来细心的呵护与丰富的欢愉："大姐会做无米之炊，二姐喂养的白兔成精／三姐的刺绣是我梦的投影／四姐的一群鸽子会带来天庭的消息／五姐的歌儿会让人变傻／六姐的草药能起死回生／最小的七姐能掐会算，善于指点迷津／经常会让我茅塞顿开，大喊神奇"，她们是"七颗散落人间的星星"，照亮了童年时代无所不在的黑暗。与进入成年岁月的抒情主体相遇的另一个女性形象"朴"，向我们展现的是一种奇异而复杂的爱情关系：在梦境般的"另一个'桃花园'"里，"我们像两块得到神的点化／得到了古老传承的泥巴／在混沌中被重新玲珑了七窍、四肢／成了泥孩子，成了陶／附着上了釉彩，又被吹了一口仙气／赤裸着、缠绕着、号叫着／哭泣着，重新降生到了人间／／——我们迷途知返，又返而重迷／我们眼神澄澈，仿佛是洪荒之初／月光下，我们随心飞了起来／变幻着古老的姿势／我们真的飞了起来，发出鸾凤的合鸣"。作者在这里既凸显了爱情的矛盾性，也渲染了爱情的空灵与超越性。

事实上，长诗中的抒情主体"我"堪称奇人中的奇人。在上述人物的烘托之下，在魔幻与现实交错的桃花园中，抒情主体"我"历经不断地蜕变、成长，最终找到一个精神原乡："可在另外一个世界里，我坚信／桃花仍将一年一度不负邀约、灼灼盛开／在那里，它只接受星空的指引／在那里，我将遇见所有消逝的好人"。这里所说的"星空的指引"，无疑隐喻着一种更高意义的引领力量。

现代汉诗形式的自觉追求

在碎片化阅读大行其道的当下，现代汉诗的写作也遭遇种种挑战。这种种挑战所呈现的两个表征值得我们注意：一是以口语诗为名的"口水诗"充斥诗坛；二是诗写得越来越短，所谓"微诗""截句"等诗体应运而生。在此背景之下，陈亮却并不赶时髦，而是执意要创作一首可以说是吃力不讨好的长诗。诗人这种自我设难的写作姿态，显示了他对于现代汉诗形式的自觉追求。回顾现代汉诗一百多年的发展历程，冯至、孙毓棠、郭小川、李季、阮章竞、杨炼、欧阳江河、海子等诗人都在长诗写作方面有所作为，丰富了现代汉诗的形式探索。陈亮的长诗写作也正是在上述前人形式探索实践的基础上展开的。

长诗《桃花园记》共由81个章节构成。诗人给每一个章节都编排序号，并加上小标题。因此，每一个章节基本上都可以看作是一首相对独立的短诗。不过，更值得我们注意的是这部长诗的整体艺术结构。首先，《桃花园记》在时间和空间两个向度上都体现了作者精巧、用心的设计安排，时间流向上以抒情主体的成长过程为线索，层层推进诗歌情境的复杂变化；空间分布上既有城市（"桃园居"）和乡村（"桃花园"）的对举，又有现实空间（地上的"桃花园"）和想象空间（"地下的世界"）的并置。其次，作者以"桃花"及其相关意象来串联这部长诗，使各部分之间具有一种高度的内在关联。除出现频次最高的"桃花"外，"桃树""桃核""桃林""干桃木""桃子""桃枝""桃叶""桃蕊""桃心""桃胶""桃锁"等组成了一个由"桃花"生发出来的庞大意象群。第三，颇见匠心的首尾呼应。作品开头叙述的是"桃花园"的起源，结尾暗示了"桃花园"即将消失的命运。诗人通过两处都出现的白胡子老头形象，把开头和结尾巧妙地勾连在一起，使诗歌文本整体显得圆融、丰满。

笔者认为，就总体艺术表达效果而言，这部长诗是一部抒情长诗，而非一首叙事长诗。诗中出现的分量不少的叙事性成分，可以说都是为表现抒情主题服务的。像陈亮《桃花园记》这样的长诗写作，超越了抒情短制的种种局限，为现代汉诗的文类建设提供了有益的探索。

结 语

总而言之，陈亮的长诗《桃花园记》从不同抒情向度为移动互联时代的诗歌读者重建了一个乡村文化记忆的参照系。在陈亮的笔下，乡村世界的想象与重构显然已经超越了城乡二元对立的传统表达模式。换言之，诗中的抒情主体既不只是简单地扮演一个都市文明批判者的角色，也并非作为一个网络文化的否定者而匆匆出场，而是置身于新的时代的总体语境和错综关系中，展开一位自觉有为的诗人的更开阔视野和多维度观照。经由乡村文化记忆这一参照系，有心的作者和读者或许能够反躬自省，重新审视我们这个时代的诗歌写作的各种问题与挑战，为现代汉诗新百年艺术征程的再出发贡献自身的智慧和力量。

目录 Contents

一年一度的大火

桃花是从一个少年的梦中开始燃烧的
瞬间就蔓延到了村子外面
初春莽莽的北平原上火光冲天
从四面八方赶来的人或者鸟
瞠目结舌，他们各自怀揣着秘密
在桃花园的地头、树杈上打坐

他们浑身通红，嘴巴、鼻孔喘着热气
头顶冒着热气
傻傻地等待着那个卖后悔药的老人
仿佛窑房里一个个挂釉的陶俑

据说后悔药只能用当年春风
吹开的第一批桃花做引，再辅以清晨第一缕
被阳光照彻的露水才有奇效
据说他的药可以让人暂时
不再受到后悔的折磨，仿佛回光返照

而多少年过去了，卖后悔药的老人

谁也不知道他来自哪里，姓甚名谁

他总是停留在七十多岁的年纪

白发飘飘，红光满面，没有脚印——

他卖的后悔药，每人每年只有一粒

即使最有权势最富有的人

也无法通融更多

他说的话云里雾里总让人摸不着头脑

桃花园

想到桃花园，眼前总会弥漫起一团大雾
然后有桃花的光将其慢慢清晰
飞速的时光经过这里时
仿佛形成了一个旋涡，慢了下来

据说，桃花园最早源自一个游方道人
——那年饥荒，道人饿昏在路旁
一个陈姓的光棍用家中一棵桃树上
仅有的两个果子救活了道人——
那道人须发眉毛皆白
长袍也白如缟素

道人感其良善，扔在地上一个桃核
桃核旋即长大、开花、结果
果实丰满、细腻、甜美，熟透时用麦秸
插入可吸食，引种者络绎不绝
道人绘好栽植图谱
待桃林遍地，方乘风而去

桃花园的风水布局暗合八卦原理

花开时，蜂群嘤嗡，地气升腾

可谓如真似幻，若是生人

道路看似平淡无奇，桃花园明明就在眼前

却怎么也无法深入，即使侥幸进入

亦如误投迷阵

千回百转也不得出路了

多少年了，远方的人都将桃花园

传为天空的倒影或幻觉

每年春天，来此寻觅后悔药

或撞桃花运的人，大多求亲告友相引而入

无人引领者，大多求索不得，怅然而去

桃花命

和很多人一样，我在桃花园里出生
小时候却长得矮小，体弱多病
性子天生内向、柔绵，偏爱孤独的事物
从不敢跑到陌生的地方去疯野

大部分时间就咬着一根甜的草根
在桃花园的树杈上眯着眼
痴痴地看桃花开了又落
倾听风传来的各种微妙的声音
看着风将思绪一丝丝撕扯出白色的烟
或者用小刀将在干桃木上雕出各种梦的形状

我是个胆小的孩子，很害怕走远了
母亲从此找不到我
或者回来以后，母亲就不见了
那时候，母亲就是我的大树我的神
世界也就是桃花园那么大

那时候，因为父亲是酒鬼赌鬼的缘故

让我对男人有着深刻的敌意
那时候，我信赖的玩伴几乎全是丫头
她们善良、柔美，我们经常腻在一起
我相信她们都是桃花托生的

很多人取笑我："和丫头们玩，
会烂脚丫——"，而我从来不信
母亲却是满脸苦愁
背地里和祖母嘀咕："家门不幸，
这孩儿，是个桃花命啊——"

她经常跑到村后的桃花庵里许愿
回来后做一些奇怪的食物让我吃
我自此更加沉默，如土如瓮

孵　化

母亲说，我是她在桃花园里干活时
在树杈上的一只鸟巢里发现的
那一天傍晚，她突然心神不宁
感觉附近老有个小孩在断续地哭

找遍了四周也没发现什么
最后，目光就盯住了桃树杈上的一个鸟巢
——那时候我还只是一个蛋
在轻微地颤动、膨胀
被母亲拿回家放在被窝里搂着暖着
第二天一早我就孵化而出——
出生时眉心有一簇稀疏的白毛
直到过了百日才渐渐变成黑色

桃花园里还有一些孩子是大人们网鸟时
从大风里捡回来的
在河汊里摸鱼从浑水里摸上来的
天上下雨从大雨点子里落下来的
在野外挖地瓜从土里挖出来的

在沟里耙草用竹耙耙出来的

摘桃子时从一些大的桃子里面变出来的

而更多的孩子是用泥巴捏出来的

——桃花园里的孩子们

大多就是这么千奇百怪地

来到了人世间。母亲说

我们从哪里来的，还将回到哪里去——

捏　造

墨水河在每个拐弯处沉积了一种泥
黝黑、润滑、细腻，宛如油膏
用它作为原料做出来的黑陶
薄如蛋壳和蝉翼，敲击后声音如玉似磬

桃花园的每个孩子稍长时都会
自然得到传承，为自己捏制
一个鸡鸭形的哨子
挂在了黝黑的脖颈上，土话曰：噪儿
每到阴天或傍晚，我们就会
在屋顶或树杈上"呜呜"吹响
声音古远、原始、苍凉而神秘——

每个孩子都会悄悄为自己捏制一群
狮子、老虎和豹子放在枕头边上
用来守护自己忽明忽暗的梦境

每个孩子都会捏制和自己相似的泥人
虔诚地埋在土里。大人们说

——用针扎出指头的血涂抹在

泥人的心上，十个月后

就会种出自己心仪的弟弟和妹妹

每个孩子都会捏制一个属于自己的小桃花园

然后将象征自己的泥人

毫不犹豫地坐在园子中央

每个捏制的桃花园，随着年龄都会消失

长老说，桃花园最后来到了我们心里

月亮垂下的梯子

家是黄泥垒成的，盖着黑色的瓦
门口朝南，迎接东南风
后窗大多被封住，拒绝西北风

院子里总有一架顶天立地的梯子
有时靠着墙，有时靠在树杈上
只有父亲敢爬上去，或晾晒果实
或用星火点烟，或做些只有天知道的事

有时正好在夜晚，我感觉那梯子
是从硕大的月亮上垂下来的
父亲仿佛是在月亮里面忙活
他的影子被月光投放在地上
仿佛一只不断扇动翅膀的大鸟
让我感觉到异常新奇和神秘

等大人们白天不在家时
我试着偷偷爬上了梯子抵达了屋顶
那是我第一次站在高处

我看到了整座村子和村子外浩瀚的桃花园

我激动得不知所以地喊着，挥舞手臂
让过路的小鸟大惊不已
以为是遇到了一个刚孵化不久
还没有长出羽毛的巨大鸟婴
但很快，梯子就被月亮上的人收走
并纷纷扬扬撒下了许多桃花的花瓣

我和动物们

那时候大人们白天都在桃花园里挣工分
天蒙蒙亮就出门，扛着农具和午饭
他们先是在一块破铁做的钟下集合
然后潮水般涌向田野

有一段时间，每当我早晨醒来时
家里就一个人都没有了
为了防止我和丫头们过分来往
门从外面反锁上了
无奈，我只有跟家里的牲畜们玩耍
跟猫和耗子玩耍，跟鸟儿玩耍——

那时候，我对大人的话不感兴趣
但动物们的话却学了不少
很长一段时间，我结结巴巴的话里
会有鸡的话鸭的话猪的话牛的话羊的话或鸟的话——

丫头们经常会相约前来敲门
给我送一些她们制作的物件

我只能从门缝里看到她们扁扁的样子
后来是一头公猪帮了我的大忙
它将土墙根的洞拱大了一圈

当我满脸鸡屎，终于从墙洞里
拖出了自己的身子时，第一次感觉
门外的空气比蜂窝里的蜜还要甜
我想哭，脸上却是傻笑着的
嘴里发出了动物们才有的欢快声音

母 羊

在我们家所有的家畜里，我最喜欢的
是一头母羊，它的毛是白软的
仿佛落在草间的一朵云
它的嘴巴永远在咀嚼着什么
石块铁块仿佛也会被它嚼成细末
它的眼睛总是盯住一个地方若有所思

从小我就知道，它的眼神是有力量的
在它的注视中，桃花会突然开放
杏树会"噼啪"落下高处的果实
酥痒地打在我的头颅上
刚爬上墙头的小偷
会"哎呀"一声，不知惊到哪里去了

在黄昏里，它"妈——妈——"抖颤地喊叫
经常会让我失神地走上前去
紧紧抱着它的脖子流泪
有时候我玩累了，在墙角睡着了
它就走过来默默地守着我

待我的肚子响了，它就会
将它饱满的乳头塞在了我的嘴里

"妈——妈——"当母亲头戴星辰
满身花粉从桃花园里归来
我就用羊的声音叫喊着扑向她
母亲就会将羊膻味的我紧紧抱在怀里
母亲说，我发出的第一个音应该是羊教的

风

我从小就感觉风是有谁在不停地
往外吹气，吹得巨大就飞沙走石
吹得小一些就如同口哨
再小一些就如同梦呓和走神
让我在正午的桃树杈上含着草根睡着了

风还是一个悠远的传话筒
能将远处的声音传送过来
传得大一些我们就听到的是大话
让我们心惊肉跳
传得小一些就会听到类似于枕边风的话
让耳朵发痒发红，又发软

风也可以将过去的话吹到现在
将现在的话吹往过去和未来
风有时候在时空之间来回穿梭
让我们听到一些莫名其妙的话
张大嘴巴呆在那里不知所措

风在桃花园传送的更多的是

鸟鸣、虫叫，动物的嘶喊

植物的香气——人在梦中无意中说出的梦话

被风吹过来就是一团团的雾气

在桃花园，风也爱吹送那些

和桃花有关的故事，被称作"风流"

在桃花园，风经常会故意

只吹我一个人，吹出了"呜呜"的响声

影　子

我从小喜欢低着头走路，以至于
我对大人们的认识是从影子开始的
往往遇到一个大人
对他的脸不熟悉，但只要看到影子
我就可以一口喊出他的名字

好长时间，我几乎一直都在跟影子
打交道，包括梦里的人
也多是一些长短粗细浓淡的影子
有一天下午，我在大街上低着头走路
一个影子走到我面前说：
"哎！小东西眼神好，
快帮我去找个东西！"我一下子"认"出
这是"懒汉"王大爷
（我们那里将勤快人喊作"懒汉"）

我默默地低着头就跟着他的影子去了
房前屋后，村前村后都找遍了
后来，我又跟着他的影子去了村外

找了好久，直到影子都长出来一大截
才在一个旮旯里看到了
那个绣着鲜艳桃花的烟荷包

等我拾起来，顺着影子递给他时
他却没有了反应。我就先踩住
他的影子，头开始慢慢抬起来
看到的是一个开满了桃花的巨大坟头

哭

在桃花园，我是个特别爱哭的孩子
会经常为一朵云哭
为一根草、一棵树哭，为一把弹弓哭
为一道墙上的裂缝哭
为一阵风、一只鸟哭，为母亲哭

有时候也会自己在角落里莫名地哭
仿佛接通了几辈子的泪水
我成了桃花园里著名的"哭瓜"

但每一次往往哭着哭着，云就会由黑
变回了白色，小草会顶出小花
树的叶子，会由黄变回了绿色
弹弓的准头会出神入化
土墙上的裂缝会悄然弥合

哭着哭着，猛烈的风最终会转向
有着柔美的旋涡；小鸟的伤会养好
突然从手心里飞到了天上

被父亲气得已经走出很远的母亲
也会神奇地回到了我的面前
黑洞里的老鼠和兔子
会将我丢失许久的"宝贝"送了出来

从小我就发现，在哭声里
往往会有奇迹发生，而被泪水
洗过的世界，往往会呈现出另外的样子

我操着整个桃花园的心

不知从什么时候，我就突然开始发现

桃花园中那些花、草、树

河流、昆虫、牲畜、风、云、鸟儿

和我是连在一起的

我们有着共同的但却看不见的根

我发现我高兴的时候，那些动物们就是

温顺多情的，植物是满绿的

风的口哨是没心没肺的

云是白软的，河流的琴弦是明亮的

而我悲伤的时候，它们就沮丧

我疼的时候，它们也会和我一起哆嗦

我怀疑我们是被谁一下子生出来

又千姿百态地生长在大地上

所以，当村子里屠夫杀猪宰羊

或者独眼木匠用夸张的大锯彻夜杀树

石匠用炸药炸石头窝子时

我就感觉病恹恹地虚弱，仿佛被霜打了

很多年来，我被重重的心事坠着
长不舒展，个子明显矮于同伴

有一次，一个从海边来的江湖郎中
抚摸着我的头，沉吟良久
吐出了一句话——这么小的孩子
怎么会操着整个桃花园这么大的心啊

一百里外的海

海在一百里外的地方喧腾，桃花园人
极少有谁去过，每年夏天
疾风骤雨过后，某家的院子里
偶尔会落下各种的鱼
而这些鱼绝对不是墨水河里的品种

长老们说，海边是个荒芜恐怖的存在
没有庄稼和树木
男人们常年光着屁股在海上打鱼
夜里就抱着母鱼睡觉——
生出的孩子人头人身鱼尾巴

一年夏天，有个从沙子口来的渔人
披着渔网，海风般浑身腥咸地沿街吆喝
希望用虾酱和孩子喜欢的
小巧美味的海螺与我们交换物品

桃花园有几年缺吃少穿，日子恓惶
有人出来说，虾酱会让人变臭

小孩吃了海螺会变成蜗牛
——那个渔人在我们村辗转多日
没卖出多少，甚至被一只疯狗
撕咬了一顿，只好瘸拐着愤怒而去

据说他临走时，将虾酱罐子摔碎在村口上
将一麻袋海螺也扔在孩子堆里
那些虾酱的臭味很顽固
将整村的人臭了"好多年"才慢慢消散
桃花园的蜗牛自此也渐渐多了起来——

母　亲

北平原上有一条最大的河叫墨水河
水量充沛，有老虎、狮子般喧腾
从高县兴冲冲进入桃花园后
却蹑手蹑脚，温顺如吃奶的羔羊

我记得母亲经常在河边洗衣
边洗边小声哼着茂腔，腔调随风抑扬
此时，鸟声渐渐隐去
太阳的影子忽长忽短
世间似乎已经没有一丝忧愁

河里有一种叫火鲤的鱼，我怀疑它们
是吃了桃花的瓣才得此颜色
它们在河水里游弋
偶尔会扑棱棱跳到了岸边的草丛里
或是母亲洗衣的木盆里

母亲每得此幸运，便用衣物捂住了盆
然后抚住心神，眯上眼睛

在嘴里悄悄默念着什么

此时，她的身体一会儿如河水般透明

一会儿又如桃花那样成了红色

母亲是地主家的长女，能背《女儿经》

家道败落后备受屈辱

和贫农父亲结婚后方得少许安稳

她经常在暮晚向浅灰的南山

凝望，雾气从她的眼神悄悄弥散开来

哑巴姐姐

哑巴姐姐和我们家并无血缘关系
是那一年墨水河发大水时
从上游冲下来的孩子，被母亲领养

哑巴姐姐是桃花园最美的女子
为了减少是非，常年围着桃红色的头巾
记事起她就成了我的神
当我饿了、渴了、受人欺负了
她总是驾着云或驭着鸟悄然出现

我记得姐姐隐约有个情人
那个春天的早晨，我家门环上总会别着
一束带露的桃花
有时候我也会发现，她独自在角落里
偷偷发笑，又兀自落泪
让母亲和我隐约生出不安
让身边的桃花忍不住簌簌失落

姐姐后来突然消失，去向成谜

桃花园里有很多传说版本

——有人说她跟人私奔，也有人说

她被自己的亲爹娘找到

暗地里将她骗走，母亲每每想起

便心肝欲裂、怅然若失——

这些年，在我做噩梦时，在我的耳边

出现莫名的声音时，她还会

飘然出现，手势依旧温暖、虚幻

她的出现让周围环伺的鬼脸瞬间消散

大　水

墨水河更多的年月里是一条温顺的河
但有几年也开了口子发过大水
水从上游汹涌而来，冲垮河堰
河两岸的桃树遭受灭顶之灾

后来河堰被逐年筑高，即使上游发大水
下游的桃花园也秋毫无事
可每年到了夏天汛期
河岸边的桃花园人仍不敢松懈
男人们披着蓑衣和油纸
扛着铁锨日夜守候在堰上
女人在家焚香祷告，焚烧三牲的剪纸

每年河水上游经常会冲下木头、家什、牲畜
也经常会冲下人来，一些
叫"水鬼"的人，会踩着水奋勇打捞

大水过后，上游的苦主会投亲告友
挨村来寻，往往在李村

找到妻子，再到赵村找到儿女
又到牛村找到牲畜，然后感恩而归

哑巴姐姐是那一次发大水唯一没有被家人
认领的孩子，她一头黄毛
满面乌黑地蜷缩在大队部的屋檐下
直到母亲将她领回家
多少年了，她的一切如同黑夜无人能解

镜　子

哑巴姐姐来到我们家的时候身无长物
只有一面巴掌大的圆镜贴在胸口
那镜子的镜面貌似水晶
镜框用红铜铸成，背后盘有凤鸾
母亲于是就给姐姐取名为：镜生

长老们均不识得这镜子的来历
只说古镜可以降鬼除魔，是个宝贝

这镜子几乎从没离开过哑巴姐姐
姐姐用它梳妆，与镜中人比画手语
姐姐消失的前几天晚上
我发现她的房间里经常会闪出明晃晃的镜光

姐姐消失了，镜子却留下来
只是镜面中央出现一道桃枝状的裂纹

长老们宽慰母亲：也许姐姐
是从镜子里出走了，镜子里面

有什么谁也无从得知，也许
是另外一个我们没见过的桃花园吧
镜子应该是她唯一的出口
只要镜子在，姐姐就有归来的可能

于是母亲每天都会用棉布
擦拭镜面，期待姐姐从里面飘然而出

桃花镜

这镜子一时之间几乎成了我们家
神祇般的存在，母亲还为此做了
一个精致的红布套护着
还把它放在了供祖先的牌位边上

每到初一和十五，母亲就小心摘下布套
点上香烛，摆好供品
然后虔诚地燃烧纸钱，观察香棵燃后
启示出的一种袅袅的"香语"
祈祷有一天会有奇迹发生

我也会每天早上出门前对着镜子念叨
——姐姐回来吧！我想你了
直到在一个月圆之夜
烛火倏忽动荡，蜡油纷纷滴落
镜面在烛火的照耀下猛然爆酥

母亲一下子失魂落魄歪倒在地喃喃道
你姐姐，是回不来啦——

躺在炕上几天几夜不思米水

族长请了崂山道士前来解惑

铜制镜托的凹处竟印有几个

隐约类似鸟虫的篆字：桃花镜

道士说：姐姐确实已经到了另外一个桃花园

应该是受到了鬼的诱惑

只见他手持桃木剑，环顾四周

大喝一声，嘴里竟喷出一股火焰

至于那个桃花园到底在哪儿

高人也是满面烟雾，所指莫名——

鬼的故事

母亲说，鬼也有好鬼和恶鬼之分
就像世上有好人和坏人
好人死后会成为好鬼，坏人死后
会成为恶鬼。大白天突然房倒屋塌的
在屋里睡觉突然被闪电击中的
被一眼牛蹄窝储积的雨水呛死的
以及各种莫名死去的
大多都是遇到了恶鬼在作祟

和人一样，好鬼和坏鬼也经常打架
好鬼虽然经常吃亏
但天存正道——及早托生成人的
或得道成仙的，往往都是好鬼
而桃花园的桃木，以及那些
古老相传的符咒，防的都是恶鬼

好鬼自古以来就是人类隐形的朋友
那些上吊时绳子断裂的
喝农药时喝到假药的

跳河时被浪花拍到河岸上的

拉车爬坡时仿佛被风从后面推了一把的

大多是遇见了好鬼的暗中帮忙

当你有一天猛地被谁解除了磨难的枷锁

走出了崎岖，若有所思地跪下

并默念好鬼的好处时

会有光，让背阴的一树桃花粲然盛开

敬　畏

在古代，鬼的故事在庙堂在典籍在民间
到处流传，那时候，鬼在帮助人
验证因果，巩固善恶的秩序

后来的人越来越聪明，多不信鬼了
鬼的庙宇，鬼所依附的山林
鬼的故事在人间越发虚无缥缈

最后，残存的鬼只好跑到人心里隐居
有的人心里只住着好鬼
有的人心里好鬼坏鬼并存
有的人心里有一个鬼
有的人心里有各式各样好多个鬼——

有时候鬼们也在人心里打架
争当人心的控制权
所以我们会经常听见有人漏出了鬼话
也会看见有人自己抽自己耳光
有人用左手和右手打架

有人将自己旧年的恶行敲着铜盆到处宣扬

母亲说，桃花园每一棵桃树上都有鬼

每一朵花里都有鬼

每一条河里都有鬼——

鬼始终是我们桃花园人敬畏的砝码

它在我们的生活和梦境中无处不在

夭

记得当时邻有一女，是我指腹为婚的

未来"媳妇儿"，生得粉嫩无匹

出生时额间带一天然红痣

艳若桃花，小名曰：夭

她从小爱吃桃树的胶，身子白皙透明

她偶吐非人之语，宛如神启

每每让人醍醐灌顶或大惊失色

她四岁时初春正午在北湾玩耍

看见水面上红光乍现、桃花盛开

就伸手去摘，落水而亡

被村人帮忙捞上来时

双眼微闭，面色煞白，红痣竟然消失

夭娘执意将她的一半骨灰埋在桃树下

来年结出的桃子竟然细润丰美、与众不同

夭娘说她的夭又回来了

每天搂着那棵桃树又亲又跳又唱

几天几夜都不停歇——

在北平原上，在四月的桃花园

那么多桃花在喷吐火焰

那么多"消逝的人"在人间还魂

他们暂且找不到肉身，就凭借在这万亩的枝头

大口大口呼吸人间的阳气

我听不懂他们说的话

只看见他们争先恐后不分白天黑夜地怒放

葬

以前只看见鸡的死、猪的死、羊的死
树的死，草的死——这些
动物植物的死都会让我悲伤不已
夭让我第一次看到人的死
却并没有感觉害怕，就感觉
夭是睡着了，明天或者后天就会醒来
或者这死本身就是一个梦境

母亲说，死就像一个人独自走夜路
天地全是黑的，有人千回百转
找到了灯火，这人就苏醒过来
有人在黑夜里迷了路，这人就死定了

夭死的第二晚，按照桃花园的风俗
是到村东土地庙"送盘缠"
要烧大量亲友邻舍送的纸钱
还要烧纸车纸马
土地庙是个隐秘所在，路上杂草丛生

我是夭指腹为婚的"丈夫"
仗义的母亲执意要让我为她披麻戴孝
那晚正是个桃花衰败的日子
下了场雨，残红满地，泥泞不堪
送葬的人群染了满身的桃花泥

执事的地师先让我在高凳上站定
扶着柳木棍面向西南高喊：
"夭啊你上西南，西南大路宽宽
你甜处安身，苦处使钱——"
连喊三遍后，身后大恸，哭声震天

母亲说，今晚夭的魂就坐着纸车纸马
拉着盘缠走了，去了"西南"
"西南是什么地方？有桃花吗？"
母亲语焉不详，而我从此
想夭时，就跑到桃花园朝西南方大喊

地　师

在桃花园有一个人专管地下的事
叫地师。夭的墓穴就是地师搜寻的
据说那里风水上佳
除了可以早日投胎做人
还可保亲人安宁。而这些都不算什么
地师更多关注的是地下要发生的大事

地师一般都在村头单独居住
留着山羊胡，白天老鼠一样走路
眼睛耳朵盯着地下，做梦时
耳朵也贴着地面倾听着地下的动静

他们终生不娶，以保持视听的灵敏
他们的耳朵如喇叭且会转动
眼睛总是眯着的
一旦彻底睁开，就有光倾射而出
他们浑身是土，仿佛刚从土里出来

他们选择徒弟也极为严苛

以保持古老的传承

据说地下的事瞒不过他们的耳目

地师负责将地下的事及时报告给桃花园园长

除此之外，什么也不干

生活用度全靠桃花园人来供养

多少年了，桃花园除了一场轻微的地震

地下再也没有什么大事发生

外地人笑桃花园的人太傻

养了一些光吃饭不干活的闲人

而桃花园人听了不置可否

背后一脸笃定地暗道：万一有大事呢——

地下的世界

地师说，地下有很多层，在不远处

也有一个桃花园

一部分人死后飞到了天上

在星云上居住

一部分就来到了地下

在地下不远处继续建设桃花园

——那里有各种各样的人、牲畜

有各种植物——那里的情形

基本上和我们这里相同

地师家有一口不知道何年何月挖成的井

深不可测，从不用来打水

据说这是地师倾听地下的一个大听筒

他说，每到早晨就会听到

地下有鸡鸣狗叫羊咩

到了中午就会听到有人做饭切菜

或者去邻家借笊篱的声音

晚上就会听到深浅的梦话

井口也随着吐出或浓或淡的雾气

地师说，我们不会防这些古老的亲戚
我们要防的是地下更深处那个世界

据他们的祖师爷相传——
更深处有很多地面上已经消逝了
几万年的厉害生物
虽然已经几千年没有了动静
但相信他们还在，还会危害人间
多年前的那一场轻微地震
他们怀疑就是那些生物的一次咆哮

捉迷藏

在桃花园，我和那些丫头们常常
玩一种叫"捉迷藏"的古老游戏
往往是我藏好了
好几个丫头来找我
无论我在桃树的枝杈间蝉附
还是埋草丛里当蚂蚱——
她们都能轻易找到我
找到了，就用桃花汁在我的额头点上胭脂

桃花园里几乎所有能藏身的隐蔽处都让我们藏遍了
一时索然无味。直到有天傍晚
等她们藏好了
我才发现那些寻常的藏身处
已经找不到她们了
只剩一些洞口还在黑黑地冒着冷气

我用弹弓往里面投掷石块
居然也听不到回声
我怀疑她们是从这些洞口走失了

去了另外的地方
我害怕极了，桃花园里响起了
一个孩子孤独而又焦急的哭声

——多少年后，当我在千里之外
惊讶地发现了她们
她们说的话我听不明白，对桃花园
也置若罔闻，只报我淡淡一笑
让我开始怀疑自己，是真的认错人了

那些黑洞

桃花园里不知道何年何月生成了
许多黑洞，有的洞很小
只能容得下老鼠、狐狸和兔子
有的却很大，能容得下人和大的牲畜

有的洞很浅，一根木棍就能探到底部
大部分洞深不可测
用弹弓射进石块也听不见回声
它们都是黑黑的，像个神秘的大嘴

我怀疑黑夜就是在早上被吸进去
在傍晚又被血淋淋吐出来
我怀疑那些桃花就是今年被吸进去
第二年春天再吐出来落在枝头

母亲说："一定要离这些黑洞远些，
它们会吃人。"祖母说：
"人间丢失的财宝，都在这些
黑洞里藏着，但有妖怪守着——"

我亲眼看到，三羊进去后再也没有出来

四宝进去后，又被人揪出来

却被什么生生咬断半根手指——

也有一个人小时候进去后

老迈时才回来，他说看到了另外一个世界

那里应有尽有，是真正的桃花园

他的描述匪夷所思，乱了很多人的梦境

黑　暗

我曾经有过一次深入黑洞的经历

——六岁的时候，我和两个大点儿的孩子
在一棵老树下玩泥巴
挖土的时候发现了一个树洞

树洞很大很黑，冒着冷气
用很长的树枝探进去也找不到底
扔进一块石头竟也没有回声

我们就用猜拳的方式决定谁先爬进去
看看里面到底有什么宝贝
胆子最大的大虎进去了好久
摸出了一个弹壳
二牛进去了好久，摸出一把生锈的断剑

我最小，进去的时间也最久
我在里面哆哆嗦嗦却什么也没摸到
最后，只握住了两把恐惧的黑暗

撕裂地哭号着，爬了出来——

在太阳底下，他们小心哄着我
慢慢张开了抽筋的手掌
这两团让我握出手印的黑暗
就那么紧紧黑着，久久都没有融化——

梦

小时候除了爱哭，我还特别爱做梦
梦见自己揪着自己的头发
在墨水河面上漂，在树梢上飞
梦见自己一掌就可以将巨石打碎

梦见自己可以听懂所有的鸟言兽语
花语、草语和风语
梦见自己只轻轻吹了一口气
哑巴姐姐就开口说话，声音绵软

梦见自己可以隐身，可以穿墙而过
梦让我获得了现实中
不曾得到的宝贝和法力
抚平了人间那么多的屈辱和泪水

我竟然自通做梦之法：经常会在
某个角落盯住某个事物
许久，事物似乎就会慢慢敞开它的隐秘之门
我在里面漫游，尖叫——

而身体就会慢慢石化
最后被母亲小声念叨着背回家去

我经常睡眼迷离，将梦和现实边界模糊
分不清白天和黑夜
甚至也分不清天地东西南北
我也经常会待在梦里几天也不曾醒来

更多的时候，我梦见自己成了一只鸟儿
飞到了树梢上，飞到了云彩上
飞出了桃花园，飞到了
我不曾见过的奇异世界

我在梦中经常几天几夜都不愿醒来
眼睛紧闭，嘴角弥漫着鸟鸣
吸引了那么多陌生的鸟儿在屋顶上盘旋

羽　蓑

我开始偷偷收集各种羽毛，有麻雀的
斑鸠的、芦雁的、乌鸦的
喜鹊的、黑腹滨鹬的、翘鼻麻鸭的
灰斑鸻的、白腰杓鹬的、蛎鹬的
大杓鹬的、黑嘴鸥的

还有大公鸡的、鹅的——五花八门
只要能飞起来的鸟和家禽的羽毛
我都会绞尽脑汁四处搜寻

我爱羽成癖，几乎翻遍了桃花园每一个角落
我甚至在梦里向两只不认识的仙鸟
苦苦祈求，醒来后手心里
果然紧攥着两根金光闪闪的"仙羽"
这让我欣喜若狂
母亲和哑巴姐姐却笑而不语

羽毛收集多了，我就央求母亲
用这些羽毛缝制出一个翅膀形状的蓑衣

羽蓑因为用了各种颜色的羽毛

而炫彩夺目，因用了我从梦中

"求"到的"仙羽"而散发神秘

我穿着它开始在桃花园里练习飞行

所有尾随的孩子们都学着我的样子

在土丘上奔跑、俯冲、鸣叫

使劲扑打着他们

肉质的黝黑的翅膀，那时候

所有的孩子都在梦中离开了地面

我们越飞越高，桃花园成了一个小小的所在

叫　魂

在春夜的梦里，经常会有一些孩子
张着胳膊从家里莫名飘忽而出
他们急匆匆地往桃花园深处走
有时候撞在墙上撞在牛头上也浑然不觉

或者有时候被什么绊倒、磕倒
也会滚爬起来，继续赶路
仿佛听到了难以摆脱的蛊惑
直到撞在了一棵开满了花的桃树上
才呆呆站定，慢慢走上前去，抱树而眠

直到鸡叫三遍后，才幡然醒来
每每如此，几天下来
水米不进，面如土灰，潦草如恶鬼——
有经验的老人说是掉了魂
或者是受到了什么恶灵的诱引

也不知道从哪一辈的高人那里寻得一法
——取未落地的干净桃枝

蘸天未明时的露水一碗

根据掉魂者状态的轻重

抽打七七四十九遍或九九八十一遍

边抽打，边默念一种古老的桃花咒叫魂

往往刚叫完魂，即可下地

腿脚轻飘得像换了一个人

我曾经围观过叫魂者，嘴唇哆嗦

姿势抽搐，仿佛接通了某种未知的力量

传说中的通灵者

桃花园里除了叫魂者还有通灵者
大多是老弱病残之人
传说却能治疗叫魂者束手无策的病症

通灵者非常神奇
一到上午十点就会扔掉手中所有的活
包括火上了房顶，雨淋了麦子
只见他们猛地入定，眼睛发直
仿佛有什么暂时占据了他们的身体
这时候你去咨询许多病症
他们都会有问必答，治疗方法稀奇古怪
说话腔调也会随之改变
——不男不女，似人似妖

据说桃花园里有五个厉害的通灵者
东边有木灵，西边有金灵
南边有火灵，北边有水灵
中间的土灵，功力最深，是他们的首领

据说通灵者上午十点到下午一点最为灵验

凡有疑难怪病者往往排成长龙

下午一点之后就会神气消散

烟灰般萎蔫，呼呼大睡起来

很多年前，桃花园得了绝症后万般无奈后

能够想到的也只有这些通灵者

在得到通灵者匪夷所思的药方之后

很多病人的性情竟然会随之大变

家里人也会尽量小心地宠着他们

让他们吃点好的，喝点好的

他们每天孩子样坐在门口

等待有一天有谁会拿着糖果将他们领走

我成了九个孩子的父亲

我经常会在睡梦里梦见夭

有时候她会猛然掐我一下

有时候她会拧我的耳朵

有时候还会在我懵懂中伸出很长的舌头

将我的鼻子舔得冰凉

——她说生是我的人，死是我的鬼

要跟我在开花的桃树下成亲

我从来没有见过那么高大的桃树

树梢几乎摸到了月亮的窗棂

树杈伸展到几个村子的面积

树下的那座房子是我早先在墨水河边

用泥巴捏造的式样

第一天，我们结婚，她用桃花汁做腮红

风不断地在她头顶上洒下桃花

第二天，她在吃饭时掰开一个桃子

找到了我们第一个孩子

第三天，她在一个鸟巢里

找到了我们另一个孩子

第四天，她去门口的河边洗衣服

找到了我们第三个孩子——

到了第十天，我们就有了九个孩子

孩子们渐渐长大

他们又在桃树杈上建造了自己的房子

我和禾却在逐年老去

直到有一天洗脸时河水惊叫着发现了

两张莽苍的脸——

而我醒来时只是一个满头大汗的孩子

在另外一个世界里却成了九个孩子的父亲

这让我感到迷惑又新奇

我经常睡觉前抱住一堆玩具

在梦里分给每一个喊我父亲的孩子

干　娘

我经常还会梦见一些长短粗细的影子
巨蟒一样紧紧盘着那棵巨大的桃树
摇晃着我和夭的屋子
让我每每在大汗淋漓中喊叫着醒来

我常常分不清我是九个孩子的父亲
还是母亲的爱抚下那个心事重重的孩子
我面色蜡黄，犹如纸人
打针吃药无效果
求神问卜也无效果
母亲用古老的"叫魂"之法
在五更里叫了多次也没有起色

邻村有一百岁的婆婆掐着桃木的念珠
说我的"八字"太软——
母亲就听其嘱咐，百般打听
在桃花园西北，墨水河北岸的天柱村
为我找了一位属羊的干娘

干娘家没有儿子，却有七个闺女

被外人戏称为"七仙女"

七个姐姐分别唤作：桃枝、桃丫、桃叶

桃花、桃蕊、桃心、小桃

都散发着各种香气，闪着水灵灵的光

干娘家还养着一头雪白的奶羊

奶水充足，除了自己喝之外

还分给村里缺奶的孩子，被称作天奶

干娘家异常干净，地每天扫三遍

家具每天擦三遍，闪着光

我感觉她家牲畜也会经常洗澡

屋顶也会用云彩经常擦拭

我第一次来到天柱村时

就被这座闪着光的屋子吸引了过去

天柱村

天柱村是桃花园西北角的一个村子
以前叫三份子村
一份归平县，一份归高县
一份归胶县，被称为鸡鸣三县的地方

先前村风剽悍、盗匪横行，村民的屋子
也是随心所欲、东歪西斜、龇牙咧嘴
犹如小鬼们酒后乱搭的积木

民国时，有德国传教士马尔登在此传教
并在全村地势最高处
修建有一座三层楼的圆顶教堂
渐渐地，村民的野性开始收敛
信天主教者多了，遂改名天主村

教堂因战争曾一度被关闭
村子也最终被改成了天柱村
近年不知怎的又开始整修和恢复
每个周末都有零星信教的村民去教堂做礼拜

时不时停下边祷告边在胸前画着十字

教堂依旧是村子里最高的建筑
——圆顶上矗立着涂满了光的十字架
还有清凉的钟声，飞出的鸽子
让天柱村充满安静和神秘
因为高处教堂的存在，让我感觉
整个凌乱的村子，顿时秩序井然起来

恍　惚

干娘是个天主教徒，她的娘家早先和
母亲的娘家是世交，多年苦于
没有儿子，对待我特别金贵
隔段时间就会托人捎口信给母亲
让我过去小住，我也对她的
那个"发光"的屋子充满了向往

小住的日子里，大姐二姐负责为我
做饭洗衣，三姐四姐
为我洗头洗脚，五姐六姐
为我端倒尿盆，最小的七姐
也找了一件为我掏耳朵剪指甲的活儿

每天晚上，几个姐姐都吵闹着
想搂着我睡觉
她们捏我的脸蛋和鼻子
亲我有些尿臊的小手和小脚
用各种稀罕的玩意儿逗引我
我的笑声让屋后的牵牛花急速生长

并把它的喇叭口紧紧贴住了窗棂

直到有一天和姐姐们玩"过家家"游戏时
突然害羞地挣脱她们的纠缠
跑到了干娘和干爹的屋子里——

在干娘家的日子，我感觉自己
是背着手眯着眼在云端上飘着的
以至于被母亲接回家时
感觉地是松软的，周围是恍惚的
但我知道，自己再也回不到那里去了

望天的人

桃花园的人，眼睛几乎全系在地面上
时间长了，很多人腰弯背驼
但干爹是个异类
他从小就不愿意干弯腰低头的活
因为他经常盯着天上
脖子也就出奇地长，大鹅般昂着
眼睛也仿佛长在额头上
似乎已经瞧不上地面上的人或事了

他除了会说那块云彩有雨那块云彩没雨
还经常会说一些莫名其妙的话
没有人能听得清楚
因为他经常昂着头看天，人们说
他可能已开了天眼，看到的都是天上的事

他每天穿着盘扣的白色长衫
胸兜里插着两支钢笔
在云彩下张望，然后在本子上写着什么
有人问他写什么？他说在写天上的事

村人摇着头走了。他却不为所动
一直站在那里抬着头
瞪着一双夸张的蜻蜓眼
一会儿若有所思，一会儿面露喜色
经常忘了吃饭，忘了喝水——

天上到底有什么？我每次问干爹
他都语焉不详，让我越发断定
他定是看到了我们看不到的好东西
我也会经常顺着他的目光朝天上看
有时红彤彤的，云蒸霞蔚
仿佛那里藏着一个我们未从去过的桃花园

七颗星星

七个姐姐

和干娘一样良善，她们都留着

细黑悠长的辫子，透亮的眸子

洁白的牙齿，桃红的嘴唇

她们声音细软、心灵手巧，各有擅长

大姐会做无米之炊，二姐喂养的白兔成精

三姐的刺绣是我梦的投影

四姐的一群鸽子会带来天庭的消息

五姐的歌儿会让人变傻

六姐的草药能起死回生

最小的七姐能掐会算，善于指点迷津

经常会让我茅塞顿开，大喊神奇

她们每个人身上散发的香味是不一样的

大姐是桃木味，二姐桃子味

三姐桃叶味，四姐桃花味

五姐桃胶味，六姐桃仁味

七姐是桃花的蕊味。她们抱着我

哄我睡觉的时候我会做不同香味的梦

有时候我怀疑她们都是天上

降落人间的仙女，就开始

翻箱倒柜，满村地寻找她们藏匿的

纱衣——被人误解成了外村的小偷

后来她们嫁到桃花园的各个村子

虽多年不曾相见，但她们的香味

会不时让风传送过来

让我在迷蒙中，看到了七颗散落人间的星星

有人在喊我

在一个春夜里，我听见有人在喊我
喊了很多遍，声音古老而又亲切

从小我就牢牢记着母亲的话
"桃花开的时候，晚上有人喊你，
千万不要答应——"
我就用棉花堵上了耳朵，装作没听见

可那声音不是从耳朵传来
而是从心里，从血液里传来的
亲切，慈爱，温暖，让你无法抗拒

喊最后一遍时，我开始
鬼使神差地穿上衣服，叠好被子
用一个包袱包了几件穿的
一点吃喝，披着那件羽毛做的蓑衣
没有和谁打招呼，也没弄出一点动静
就从家里翻墙懵懂飘忽而出

那声音先是引着我在桃花园里
迷迷糊糊地转悠了几个时辰
摸遍了熟悉的每一个角落
身上和脸上印满桃花的各种印记

那声音后来又引着我误上了一列火车
先是穿越过好多的黑洞，突然
就来到了一个陌生的世界

我有个桃核刻的"锁"出生时就在脖颈上
十多年了，竟生出玉的光
外走的路上遇见岔路口就会剧烈颤动

巢　屋

我到了一个奇怪的世界，房子积木一样
直插云霄，鳞次栉比，白天
反着玄幻之光，夜晚霓虹出缭乱色彩
没有牛和马，只有一些乱叫的铁
那里的人说话奇怪，像说鬼话

我不知道我来到了哪里
只感觉自己走进了一个巨大的幻梦中
怎么也走不出去
这让我战战兢兢又惶惑不已
我只好白天躲在窝棚里睡觉
晚上才出来找吃的
一些垃圾箱在夜里闪烁着梦的光

此城靠海，炎热多雨，窝棚潮湿难忍
我就在偏僻处找到一棵巨大的法桐
开始在它粗壮的树杈上睡
后来就用捡来的各种材料
慢慢造出了一个巨大的巢屋

这巢和桃花园中瞭望树上的小屋类似

远离了地面，又找来桃枝

放在枕边、门口、窗口辟邪

我竟生出了难得的安全感

每天白天我在里面做梦

梦里，嘴角依旧会飘出各种鸟的鸣声

直到有一天，我在一个垃圾箱里

翻腾出一兜熟透了的桃子

我就一下子愣在那里

我流着泪大口呼吸着这些桃子的气味

桃子开始出现皱纹，迅速萎缩——

我的身体在变轻，仿佛会被风吹起来

树上的日子

在法桐上住得久了，飞翔的愿望
越来越强烈，起身时
往往腿还没直起来，胳膊竟然
先扎煞起来了。没有人说话
我就开始用小时候学的鸟叫和鸟说话
树的周围开始出现各种各样的鸟

我依然幻想有一天真的可以飞起来
轻轻掠过城市上空
用鸟的眼睛来看看这个城市
也可以不用花钱就能飞回桃花园
落到母亲的那个青黑的屋顶

这个想法让我经常激动不已
让我的脸，一会儿白又一会儿红
巨大的法桐也随着我的想法强烈地左摇右晃
——幻想让身体越发变轻
直到有一天，我从法桐上跳下去
竟如落叶般轻轻落地

我似乎感觉自己已经获得了某种能量

众多的风里，我总能找到一缕

来自母亲院子里那种特有的味道

每个夜晚，我都能透过雾霾

看到北方那七颗闪闪的星斗

这七颗星斗照看着桃花园里母亲的梦境

也让我的眼睛开始有了光

"我，和母亲，还有桃花园

是在被同一个星座照耀着的"

想到这里，凝结的孤独感突然消散

布谷，布谷

时常会听见一只鸟，在耳边
"布谷，布谷——"笃定地叫着
声音不急不慢，却极有穿透力
有时在深夜，有时在黎明前
有时就在白天的某一刻——
声音很像小时候手心里放飞的那一只

我很奇怪距离桃花园这么远的地方
还会有老家的鸟出现
"布谷——布谷——布谷——"
它让我的梦开始辽阔
让流浪的日子开始趋于安宁

有时我在巢屋里，在它鸣叫的间隙
忍不住学着它的声音
"布谷——布谷——"地叫起来
起初，我感觉它是迟疑的
最后，它似乎已听出我的善意
就相合着鸣叫起来

"布谷——布谷——"

我们通过鸣叫传达着各自的情绪

有一天，我忍不住悄悄打开了窗子

顺着鸣声偷偷向外窥视

除了一轮含混长毛的月亮

什么也没有发现，我又在周围仔细探寻

却怎么也没有找到它

当我开始沮丧的时候

"布谷——布谷——"的声音

又笃定地响了起来，亲切

而又熟悉，却始终弄不清到底来自哪里

鸟　人

在我偏僻的巢屋周围突然出现了

不少陌生人

他们神情各异地盯着

披着蓑衣毛发凌乱的我和那个巨大的巢

他们拍照、录像，打听我的来历

我内心慌乱，欲言又止

"都市中隐藏的鸟人——"很快

《都市晚报》和《都市早报》的头条

就出现了关于我的图片新闻

他们将我穿着羽蓑从树屋

跳下，隐身的小鸟逃散的瞬间当作特写

羽蓑展开，仿佛我真的长了两个巨大的翅膀

新闻一时轰动，来此围观的人汹涌不绝

"鸟人，鸟人——"人们呐喊着

这让我感到异常恐惧

他们纷纷问我的翅膀藏到哪里去了

我说我没有翅膀，他们不信

就追着我胳肢我的腋窝

还有人爬进我的巢

翻出了我藏在隐秘处的羽蓑

争抢中，鸟羽纷纷飘飞

我拼命向前抢下破残的羽蓑，落荒而逃

等我深夜忐忑归来时

巢屋已被大树吃掉，受惊的碎屑不敢落下

寻找鸟人

没有了树上的巨巢，我开始行踪不定
每到深夜，我领着猫朋狗友
幽灵般闪现在垃圾箱周围
黎明前，又踢踏着寻找栖身处

直到有一天我发现了一张"寻找鸟人"报纸
——有位房地产大鳄也出来凑热闹
竟拿出了赏金百万——

曾几何时，树林里，荒草里，旮旯里
到处是红着眼寻"宝"的人
我不知道自己犯了什么法
觉得被抓到就没命了，就四处躲藏
只有那些猫狗肯为我通风报信

鸟人，鸟人，鸟人，鸟人，鸟人——
我听到了全城人在白天和夜里的呐喊
最终有一天，我被堵到了
一个通天的废楼顶上，一群亢奋的人

拿着绳索、棍棒向我逼近
哇啦着我听不懂的话
楼下面还有乌压压向这里靠近的人群

我的头一晕，就飞了下去
那一刻我感觉自己真的飞了起来
我的下面就是无边无际的桃花，无边无际——

最后，我感觉是一小朵云救了我
尽管它的力量很小，很单薄
——我几乎将它弄成了碎片
好久，它才慢慢聚拢，重新回到天上

一小朵云

不知道什么时候开始，我发现

有一朵云常在我头顶上跟着我

当我跑的时候它就跑

当我停下来它就凝滞不动

当我笑笑，它也报之以鬼脸

即使在雾霾天，在黑夜里

我相信它也在我的上方看着我

——这是一朵很小的云

在我出生时，它就盘旋在我家屋顶上了

小时候，我淘气地爬上屋顶

用竹竿经常去捅它

可它却从来都没有因此而消失

阳光毒辣时，它就给我一小块阴凉

在我哭泣时，它就会率先

摔下几个泥腥味的雨点

母亲说：这朵云是我的

每个人的头上都顶着一小朵云

它经常会在某个角落里待着

一不注意就飘然而出

它和那只叫"布谷"的鸟一样

都是我的神。它永远长不大

一直还保持着我小时候的古怪模样

桃木雕

我醒来的时候，世界是白色的
白墙，白床，白椅，白被褥
人也是白衣白帽，我吓坏了
以为自己死了，我首先想到的是母亲
那个每天会在黄昏的土岗上
一遍遍喊我回家的单薄身影

直到那个熟悉的记者出现在面前
她向我道歉，让那么多人产生误会。
最后，她将我送到了她的舅舅
一个古怪的木雕老艺人那里
"舅舅"的脸如斧凿，手骨粗大，言语怪诞
他的白胡子很像卖后悔药的老人

那里是个奇异的木制世界
天窗的高处竟然悬挂着一对木头雕成的
巨大翅膀，是我唯一不能碰触的东西

——而我却独对那些桃木着迷

那些桃木让我的手发痒

让我的奇经八脉开始通畅起来

终于有一天，我将它们刻成各种物件

并在每一个物件的隐秘处

偷偷刻上微小的"鸟人"头像

惶惑的是，这些物件竟逐渐风靡开来

每当深夜想家的时候

我就开始在一块粗陋的桃木上

根据回忆，雕刻一个叫作"桃花园"的摆件

它几乎是桃花园的缩影

每刻一刀，仿佛有光从刻痕间迸射而出——

刻成后，我把它放在床头

每天抚摸数遍才能入眠

这个摆件最终被经纪人相中

在拍卖会上竟然拍出了百万高价

而我却开始夜夜失眠，失魂落魄——

朴

失眠时，经纪人术候会婉转带我到一个
"桃花朵朵"的歌厅
歌厅的装修是桃红的色调
里面的姑娘也都
唤作小桃、小夭、春桃、桃花等
和桃花园中的女孩相近的名字
她们大多刻有桃花的文身

她们一律温柔、善解人意、能歌善舞
歌厅还私酿一种桃红色的酒
我们空闲时经常在此
留恋、迷醉——但酒醒时
却往往会失重，怅然若失和心如死灰
仿佛被人施了一种耗损元气的蛊
直到有一天，朴，从天而降——

朴是"桃花园"木雕的中标者
——黑发若瀑，粉黛首饰皆无
一袭棉麻材质的佛系飘逸裙衫

让风也会忍不住轻轻吹拂

让我相信她随时就能乘风振羽而飞

她眉间有一点天然红痣，让我愕然

以为当年的夭还活着，已经长大了

我使劲掐掐自己的脸

以为又进入了某个幻梦

我清晰地记着我们的第一次相遇

我的举动让她发出吃吃的笑声

我们的眼神有意无意相接，如幽冥中

莫名而隐现出的电光石火

我感觉杂乱的作坊迅速被一种奇异的光所照耀

被一种奇异的香气所熏染

顿时琳琅满目、金碧辉煌起来

我感觉自己真的能飞起来了

她不在时，我会在虚空里

看到她的影子，每一次深呼吸

都会闻到她若有若无丝缕不绝的香气——

术 候

我的经纪人术候来自偏远省份的

另一个桃花园，他细皮嫩肉

身材健美，出门大多选择夜晚

一律黑帽墨镜黑口罩黑衣黑裤子黑皮鞋的装束

他的腰上悬挂着二十一把楼房的钥匙

走起路来金光闪闪、叮当作响

让身边的花朵和蝴蝶尖叫

让霓虹的颜色闪烁出更绚丽的色彩

在某个深夜的路灯下，他掏出了自己的心

——他已经有了六个老婆

十三个儿女，但他和我说

他今生的目标是再交往二百个情人

他想让她们都怀孕、生育

最后拥有一个桃花王国的子孙

他从不相信爱情，却有着独门的鬼道

他的女人虽然众多，但却相安无事

毫无家室之累

他自建十层大楼，每个老婆一层

每个家都有豪华的配置

和严格的奖惩制度

他住在最高一层，没有他的准许

老婆孩子也不敢擅入，我对此

表示莫大的好奇，但却从没被邀请进去过

我怀疑他有摄魂术或者梦境搬运术

将梦境里的生活搬到了人间

他很少摘下黑口罩。那是一张

左腮被老鼠啃过的脸，有个大的疤瘌

像个桃子，烂掉一小半——

他说他阅女人无数，但却从来

没见过像朴这样的女人，说完双手合十

重新降生

朴经常会引我进入了一个梦境——
那里是另外一个"桃花园"
那里的世界仿佛刚刚睡醒
万物处处散发着未被动用的元力

那里有无边的桃树，各种散发着香气的植物
深邃的湖泊，沉醉的果实
浑圆的月亮，曲线流畅的平原
健康奔跑的野兽
苏醒的峡谷，涌动不息的溪流
神秘的风声，不断发生的奇迹——

在那里，我的生命，我们的生命
仿佛被什么彻底照亮并穿透了
燃烧起灼灼的熊熊的火焰
那些贫穷、屈辱、自卑、胆怯、污浊
——在火焰中被燃烧殆尽

在那里，我们像两块得到神的点化

得到了古老传承的泥巴

在混沌中被重新玲珑了七窍、四肢

成了泥孩子，成了陶

附着上了釉彩，又被吹了一口仙气

赤裸着、缠绕着、号叫着

哭泣着，重新降生到了人间

——我们迷途知返，又返而重迷

我们眼神澄澈，仿佛是洪荒之初

月光下，我们随心飞了起来

变换着古老的姿势

我们真的飞了起来，发出鸾凤的合鸣

面孔模糊

我和朴的巢建在一个叫"桃园居"的
小区的楼顶。楼下的花木
大多栽植了各种桃树
桃树下有沟渠曲折回环
楼顶阁楼外面有个很大的天台
我和朴将天台改造，栽植各种桃树

每年春天，桃花盛开，朴在树下弹琴
我在此品茗——竟然成为网红
成为舌尖上的神秘和传奇
受到了越来越多的狂热崇拜

朴是个能干的女人，在业内神秘莫测
我精心刻凿的桃木玩件
竟因朴的加持再次风生水起
而我，开始在各种媒体翻滚
四肢发热、身体发热，脑袋也发热

——日子开始不真实起来

我走路也开始云里雾里，没有了脚印

我说话也开始云里雾里

这些吐出的云雾增加了雾霾的浓度

让道路消失，让浩瀚的城市若隐若现

我似乎已经好久没有听到

那些"布谷——"的鸟声了

头顶上的那朵小云也不知道去了哪里

包括我自己，镜子也看不清我的面孔

妖　怪

有人说，雾霾像很多妖怪在施法
——古书上说，妖怪都是在
夜间施法，喷吐黑雾，劫掠人间
鸡鸣前即可迅速散去

几时起，妖怪在白天也肆无忌惮了
它们将城市蒙进一个烟雾的口袋里
它们喜欢吃新鲜的心肺
我能清晰地听见它们肆意的笑声

雾霾中，人群影影幢幢
一律口罩、眼镜、帽子，全副武装
雾霾中，好人和坏人更无法分清

坏人乘机打着妖的旗号
在人间浑水摸鱼，求救的喊声
被雾霾笼罩，传不到更远更高的地方

很多人，包括坏人也竞相高价

购买我的桃木刻件，以辟邪挡魔

逃脱因果或报应的降临

坏人得意地说：

"大师雕刻开光的东西很灵验

可保我财运亨通、万事顺遂——"

每一次雾霾过后，被妖怪掠去心肺的人

枯槁如纸，最终灰飞烟灭

侥幸的人四处求仙拜佛

表情肃穆，希冀找到那个梦的桃花园

云　端

最初，我被称作艺术家，后来又被
称作圣手、大师、天师，再后来
网上的粉丝暴涨到了几千万
坊间开始流传我和朴是桃仙转世
我刻的桃木物件是被开光的圣品
有着各种护佑的神力

据说，有个人得了癌症
自从戴上我刻雕的罗汉项珠后
竟不治而愈——坊间传的有鼻子
也有眼睛，越传越神——
"鸟人"刻件霎时重金难求
成了达官贵人之间的必备雅玩

"桃园居"原在城市的僻静处
一时之间，因我的存在而成了风水宝地
房价一涨再涨，听说开发的二期三期工程
还没开盘，就被一神秘客户全部买下

整座城市的房产热情
也不知道被什么所点燃了
房子房子房子——人们气喘吁吁地呐喊着
仿佛煮沸的海水，汹涌澎湃
木块一样的房子在海面上漂浮、上涨

这一切，让我越发匪夷所思起来
我日夜雕刻，刀工如仙似魔
而朴似乎对这一切并不在意

我雕刻的时候，她就在一旁抚弄古琴
或者端来清茶一盏，间或
对视一笑——神清气爽，犹在云端
我已很少下楼，不知什么时候开始
我感觉我和朴一直是在飞着的
不，也许不是飞，是悬空
很高很高，已经找不到可以着陆的地方

空

风将我的故事越吹越大越吹越远

慢慢吹到桃花园时

已经成了一部《少年修仙记》

我的故事加速了园中少年和青壮男子的走失

他们纷纷从桃花园穿越黑洞来到城市

分布在桥洞、树杈、地下室

废弃的厂房和烂尾楼里

他们的眼睛放光，胳膊拍打有力

仿佛随时就可以长羽而飞

飞成另外一个神话或传奇——

偌大的桃花园里

只剩下了老人、妇女、孩子和牲畜

老人们日益衰老、目光呆滞，妇女们神情恍惚

每当深夜他们在梦里发出了古怪的声音

桃花园越来越空，仿佛成了一个

巨大的蝉蜕或废弃的鸟巢

那一年，留守的人们在流传一种
来自天空传下来的咒语
以期将那些狂野的心和魂魄收回

后来这种咒语越传越广越传越神
咒语还提供一种邪乎的功法
据说照此修炼可以百病不侵
可以延年益寿，甚至永生
那一年，桃花园里到处是扔掉农具
双手合十，盘腿打坐的人

那一年，桃花园上空妖气弥漫
那一年，桃花大多提前败落
桃子没挂红线就开始萎蔫
没等人采摘，就兀自沮丧地摔落在地上
桃花园里充斥着腐烂的迷惘的气息

疫

几时起，世界上到处是饥饿的人，他们
穿戴光鲜、大腹便便、腰缠万贯
但却经常会感到异常饥饿
他们天天都在拼命找吃的喝的
仿佛肚子是个无底洞
虎豹、鹰隼、蛇蝎、猕猴、狸猫、老鼠
统统没有放过，却依然饿得不行

没有办法，他们又去拜访古刹庙宇
跪求仙医神药
甚至还请来巫师驱邪，还是统统没用
并且越发饥饿起来
最后，他们开始浑身发热
眼睛通红、充满幻觉、胡言乱语——
很多人在临终前说看到了桃花园

有人说这病可以通过微风通过泡沫
通过宠物通过雾霾通过握手传播——
还有人说通过眼神、通过电话线

甚至通过梦境也可以传播——

一时之间，病疫蔓延

人人自危、村村自危、城城自危

大街小巷顿时空空荡荡，宛如废墟

危急时刻，"天使"开始降临

这些平时在人群里没有任何法力的人

神启般苏醒，并展开了他们隐藏的翅膀

拯 救

接下来，瘟疫在国与国之间迅速蔓延

人们继续在网上彻夜争吵

猜测瘟疫的来源，讨论各种药方

有人将瘟疫的传播归咎于"全球化"

开始封锁国门，那么多巨型的铁鸟

在窝里趴着再也不敢动弹

股市连续熔断，股市上空

被膜拜多年的神也被重重摔在地上

猛然有人网上传播：说桃树枝可以

阻挡瘟疫，一时之间

桃树枝在黑市里被炒到匪夷所思的地步

很多无人看守的桃树被割成了"秃头"

人们在门窗边插着桃树枝

床头插着桃树枝，有人甚至

偶尔出门也会挥动着桃树枝向四周

嘿哈乱叫，仿佛面对虚空里隐身的鬼魂

经艰苦努力，到桃花重新开放时

此疫才慢慢消退，多少崭新的坟头上

插着新鲜的桃树枝。很多人说

此疫是人类贪吃野味所致

也有人说这是死去的动物留在人间的咒怨

还有高人说：这是"桃花园"凋敝所致

每个人心里最初都有一个"桃花园"

后来会被慢慢废弃和遗忘

"桃花园"废弃多了，瘟疫就会爆发

瘟疫过后迫在眉睫的是要重建"桃花园"

——瘟疫过后，多年的雾霾

彻底消散，天空露出了让人吃惊的蓝色

朴消失了

朴消失了——在这之前没有任何征兆
她几乎带走了所有的积蓄
只给我留下了这所桃园居的房子
我慌乱起来，仿佛小时候母亲离家出走

我猛然发觉自己对朴一无所知
包括她的真实姓名、她的家乡
她的一切——她像魂魄一样
从我的身体里抽身而去
让我一下子沉重痴呆起来，成了一块铅疙瘩

朴真的消失了，仿佛一个泡影
——接下来的日子里
艺术品泡沫在瘟疫中无声破裂，惨不忍睹
楼顶的"桃花园"也被告知违章
择日被清除，满目狼藉——
我伤心欲绝，大病一场，元气大伤

最后，我又回到了老艺人的作坊里

"舅舅"更老了，他的白胡子更白了

他干活时的大手

开始明显地颤抖

对于我的归来，他没有任何惊奇

我只听到他暗地里在一个月圆之夜

发出了一声悠长的叹息

而我的归来让那些木雕开始

脱掉灰尘，散发出自然的光

可朴真的真的消失了，无声无息

干活的间隙，我时常会莫名走神

因为在我的呼吸里，依然

还能闻到那些只有朴才有的香气

我经常在梦里哭，泪水日益减少——

寻　找

我开始疯狂地到处寻找朴的下落
她去的每一个地方
我都仔细打听过，可这个城市所有的人
仿佛都患上了一种叫遗忘的病

他们对于朴很快就印象模糊
有人干脆就说：根本就没有
这样的人，一定是我得了妄想症——
甚至江湖上有人传说我已经疯了

我回到了我先前流浪过的地方
我找到先前居住过的大树
慢慢爬上树杈，树叶喊喊窃笑着我这个
手脚迟缓的人。我开始呼猫唤狗
那些猫朋狗友见到我
竟也显出敌意，龇牙咧嘴，一哄而散

白天里，我抬头望望天上，先前一直
跟随我的那一小朵云，也已多年不见踪影

在半夜里，我常常打开窗户向外

发出"布谷，布谷——"的叫声

可窗外除了机车轰鸣

已再没有任何的回应。我再看看夜空

那颗星也已隐去多年——

它们都去了哪里？难道这一切都是梦？

如果真是梦，我宁愿沉迷其中

而永远不再醒来

而如果这一切都是假的

那么，那遥远的桃花园是不是真的？

我的身体剧烈摇动，化成一团烟雾

积木游戏

我怀疑朴一定或是在某个深邃的噩梦里
被困住了，就开始吃了一种安眠的药
以期最终在梦里找到她
我不辞劳苦，从一个梦进入
另一个梦，鞋子磨破了就赤着脚

直到有一天我的眼前出现一个幻象
那里人山人海，都在玩一种
垒积木的游戏，看谁垒的积木不会倒塌
垒得越高，奖励越多，财富越大
有的人竟因此成了"英雄"
周围掌声雷动，让人感到诡异的是
那些掌声竟然出自一群鬼的手心

以至于很多人和积木绑在了一起
将自己的心血全给了积木
牺牲了官职和性命来玩积木
谁知道积木垒到一定的高度就会自己生长
而蹲在那里的人却毫无觉知

最终被怒长的积木送到了天上

风吹来，积木摇摇晃晃，险象环生
他们如梦初醒，他们在高处的惊吓声
让恶鬼用笑声做了粉饰
让底下仰望的人焕发出更大的热情

朴就在这些浩瀚的人群里
她的积木长得最快最大，竟然长到月亮上
她也就被捆绑着在月亮上居住
以至于我已经几乎望不见她的存在
只能在有月亮的夜晚
才能闻到她身上飘下来的绝望香气

大片的乌鸦

我跑到了世界上最高的楼顶也无法
抵达月亮上去解救朴
我跑去航空公司焦急地询问
——到月亮上的航班尚未通航

每到阴历十五我就会走向旋梯
在世界最高的楼顶上吹起了"噪儿"
这古朴的乐器哀怨、低沉
让暗处的神鬼为之动容，量子为之纠缠

动情处，月亮会忽明忽暗，路灯忽明忽暗
我想，朴在月亮上也一定听到了
我甚至也经常会听到
她挣扎捆绑时锁链颤动的铁声
还有她忍不住甩下的悔恨的泪滴

我期待有一天月亮终会垂下古老的梯子
让我上去解救朴或者看看朴
如果可能，我愿意代替朴

来承受这亘古的罪罚

我想飞，但陈旧的羽蓑张开，羽毛

纷纷破碎，幻成烟尘，迅速被风吹散

每一次，月亮都将我楼顶上孤独的身影

从不同方向投放在城市

在城市上空孵出了大片大片的乌鸦

在人们的梦境里烙出了巨大的伤疤

雪　人

有一天午夜过后，我的"噪儿"音
引发了大雪，雪花从天上
不，分明是从月亮上盘旋而下
将我染白后，又顺着"噪儿"音
迅速覆盖了整座城市
有人说，这是多年不遇的一场大雪
所有的道路包括记忆之路均陷入瘫痪

人们发现我时我已经成为一个
吹着"噪儿"的庞大的雪人
那场雪将我的全身彻底染白了
被抬到屋子里，在炉火旁
怎么烤也烤不化，镜子里
我成了一个须发白如缟素的人

这让我想起了那个卖后悔药的老头的样子
恍惚中，他竟然在镜子里
笑眯眯地跟我打招呼
而我却在满脸愁苦中沉沉地睡去

整个冬天我都是白的，整个冬天
我都在沉沉地睡眠，没有梦
只有白，无边无际无穷无尽的白
那些"噪儿"音也凝成了白色的冰锥
"叮叮当当"悬挂在周围的檐角

那些白直到第二年春天田野返青
才渐渐褪去，露出了浑身的狼藉
春天里，我慢慢苏醒。打开镜子
我看到的是一个透着寒意的陌生人——

我是谁

我是谁？我是谁？我来自哪里？
我是在现实，还是在梦中？
那些"桃花园"是真实的
还是一个又一个连锁的长梦

而人间有很多事注定是无解的
就像我希望月亮垂下神奇的梯子
朴的锁链被某个神奇的手指打开
霓裳羽衣般从天而降
哪怕是降落到我荒凉无边的梦中——

时间是最好的朋友
时间也是最残忍的朋友
它们逐渐过滤、麻木、消解你的痛苦
到了最后，朴最终也许会成为一个幻影
一种潜意识，一团迷雾
让你在人间的某个时刻突然泪流满面
仿佛受了几辈子的冤屈
却一下子说不清这冤屈具体是什么

我们有时憎恨时间、诅咒时间

因为时间只顾向前流淌

当我们溯流而上，刻骨铭心的一切

却变得漫漶、模糊、似是而非起来

我真的穿过黑洞去过那个叫城市的地方吗？

朴真的降临过吗？

这到底是现实，还是虚无的梦境？

谁能告诉我？啊！啊——

在空旷的废墟般的城市的边缘

我摇摇晃晃地摔碎了一个又一个酒瓶

——我是谁？我怎么了？

我听见，很多病人都在这样问着自己

甚至在路上莫名抽着自己的耳光

然后行色匆匆，隐入黑白的人群——

依花讯而回

我经常会隐隐听见有人在哭
有父亲的、母亲的、祖父的、祖母的——
即使在浩瀚的发烫的车流中
在觥筹交错、鬼话连篇的酒局里
这些哭声也会异常清晰地
在耳边膨胀传播起来
薄荷一样拂过我发热发昏的头颅

有时候，这些哭声会在血管里
跟随血液抵达四肢百骸
也会在地底下，让我不止一次
挖开繁盛的草木，露出野蛮的根须

每到春天我开始戴着颤动的桃锁
依花讯而回，有时候乘坐火车
有时候乘坐汽车、轮船
或是梦中的月光下一辆蹄声"嘚嘚"的马车
有时候干脆就乘坐一场大风
一片过路的云，或者化成大鸟的形状

——风尘仆仆，不管不顾，不死不休
仿佛在赴前世的生死之约
"自从离开家那天开始，
我就已经走在了回家的路上"
这是我少年时写的诗，竟一语成谶

如今我回来了，满腹惆怅和失落
回来时桃花已经灼灼，朵朵桃花
映出了我的疲惫与后悔。除了在梦里
卖后悔药的老人却已多年未见踪影

迷　茫

从远方的海市蜃楼，到我的桃花园

从车声、喊叫声、心的沸腾声

到花开声、风声、鸟声

牛马声、流水声——在这里

我感到了异常清晰、真实、澄明

每一个桃花的瓣、每一个蕊、每一缕幽香

每一丝儿细微的颤动

每一只蜜蜂嗡嗡地萦回，都会

让我的生命澎湃不已，抵达青春的堤岸

但更多的时候，我也会陷入迷茫

千亩万亩的迷茫

我感觉自己做了半生的梦

——婴儿般安宁的梦、烦躁动荡的梦

飞的梦，恐慌的梦，最后又是遍地桃花的梦

而梦总会醒来，醒来的时候

所幸那个叫桃花园的村子依然还在

而我，是否还是在桃花园里

捉迷藏的那个孩子？

是否还可以

轻身飞上那棵高大的瞭望树

将一缕鲜艳的红布条系缠在树梢上

那些燕子是否还会凭借红布找到这里

在此聚集，然后散入"生金，野马

万年陈——"等各个姓氏的屋檐下

那些消散的灵魂也会重聚于此

成为土炕上一个个哭声嘹亮的婴儿

瞭望树

桃花园中一直有两棵高大的瞭望树
树龄不详,据说栽植的位置和阴阳相合
阳树是一棵巨型的白杨
阴树是一棵硕大的银杏

两棵树皆参天摩云,披星挂月
以前是在凶年为了防备土匪
后来是为了看护果实
再后来,就成了村里的风向标
成了村人探望远方亲人消息的高地

村里有个叫闲蛋的人是个公认的傻子
吃五保,啥活也不干
村里怕他闲出毛病来
把爬瞭望树观望的差事就交给了他

他每天上午爬上白杨树发一会儿呆
下午爬上银杏树再发一会儿呆
每次在树上脸色均凝重

有人戏谑地问他到底看到什么了

他只没头没脑地扔出一句：

"快来了——"就再没了下文

如今，闲蛋也老了

树也爬不上去了，但他的话

却依旧飘在空中："快来了——"

很多年以来我们也没完全弄明白

要来的到底是什么

但不知道为何，每一次听到这句

半截子话，我就会生出莫名的恐慌

飘

长老们说闲蛋的傻是源于一场大饥荒
那一次，桃花园连续灾难
吃的东西越来越稀少了
人们先是将坡里的野菜野草
吃光了，后来又将桃树的
叶子、树皮、树根吃光了
能吃不能吃的东西全吃光了
还是没能填饱他们
日益膨胀的越发透明的气球般的肚子

他们的肚子像气球一样越来越大
开始还能晃晃悠悠梦游般地走路
后来就彻底走不动了
在墙根处、沟边上、在桃花园
被剥掉皮的光溜溜的桃树下歪躺着
瞪大眼睛看着自己的肚子
气球般持续不断地膨胀，膨胀——

然后身体就开始一点一点地飘了起来

有的飘到了墙头上

有的飘到了屋顶上，有的飘到了

更高的树杈上，有的飘到了云彩上——

离开地面的那一瞬间，他们都突然笑了

脸上暖洋洋的

仿佛看到了果实累累的桃花园

闲蛋就是那一次被吓傻的

他看见那么多人

包括他的父亲、母亲、祖父、祖母

都飘在了空中，再也没有下来——

敌　人

"快来了——"小时候，当闲蛋每每
从瞭望树上扔出这句话的时候
我和那些丫头们吐着舌头
追着他齐声回应："来了也不怕——"

喊完后，我们就开始"备战"
——储存鞭炮、制造火枪、打狗棍和弹弓
趴在陈八爷墙头上偷学一种
叫作"蹬扑"的祖传拳脚
我们甚至还学大人们的方法
在地下挖出了我们小孩们才能爬行的地道

这地道桃树枝一样在地下自由蔓延
最终和大人们深挖的大地道相遇
也会偶尔和一些古老的黑洞相遇
让我们为此后怕不已

"敌人来了有猎枪，有猎枪——"
我们在幻想中热血沸腾

准备随时保卫我们的桃花园
这个时候，那些和我们存在敌意的男孩子们
也和我们成了"亲密战友"

可日子一天天过去，"敌人"并没有来到
我们的"队伍"又开始分崩离析

当我们带着疑惑去问陈八爷时
他笑道："毛孩子们！
该来的总会来，谁也挡不住，我们桃花园
自古以来吃过的几次大亏，
大多不是外面的敌人，
而是我们桃花园里的自己人——"

说完，猛地朝四下虚空里，嗨！嗨——
打出几个虎拳，几棵桃树落英簌簌——

红

桃花园里桃花无边的红，人心的红
和旗帜的红，注定连在了一起
最早的旗帜在猛虎村的某个夜晚秘密升起
将整个屋子都映红了
如果不是他们堵住了窗户和门
这些红会将整个猛虎村的夜晚映红了

很快，这旗帜的红在桃花红的掩护下
火一样在桃花园蔓延开来
再也扑不灭了——人的眼睛是红的
心是红的，说出的话是红的
在红的照耀和火焰中
似乎人间所有的黑均统统化为灰烬

红似乎天生是黑的克星，黑军组织了
很多次围剿，纷纷成了泡影
"桃花园迷宫似的设计可不是吃素的——"

可绵羊村一个叫杨八的叛徒的出现

改变了这一切，瞭望树被黑军占据
"他们的手是黑的，说的话也黑——"

那年春天，桃花园里死了很多人
桃树也缺胳膊断腿，稀疏的枝丫
遮掩不住那些硕大的坟头
愤怒的岩浆的红被迫转移到了地下

"直到第二年春天，红军的主力来了
——那叛徒是我用祖传的大刀
亲自结果的，血也是黑的——"
陈八爷说到此一脸凛冽，我们小心翼翼

最大的桃花园

东边的红，西边的红，南边的红
北边的红，都在梦幻般地扩展
很快，这些红便连在了一起
整个江山都是红的了，成了最大的桃花园

那一年，我们分到了梦寐以求的土地
分到了属于自己的桃树
村里一个老光棍一觉醒来也分到了
地主家的三间大房子
并交了人生中唯一的一次桃花运

狂喜的人们将地主家的红绸子撕扯成布条
绑在了属于自己的桃树上
甚至有人睡觉也抱着搂着桃树
仿佛桃树会一不留神自己就会跑掉

有人使劲掐着自己的大腿
怀疑是在做梦。还有人竟然抓起一把
桃花园的土，像吃红糖般塞在了嘴里

人们敲锣打鼓，喊着各种口号

人们彻夜不眠，喉咙充血，眼睛通红

世界开始越来越红：大街小巷里飘着红

地头上飘着红，粮囤上飘着红

桌椅、橱柜、瓢碗、盆罐上飘着红

自行车牛车马车手推车上飘着红

唱的歌儿飘着红，梦里飘着红

——据说这些红都是来源于太阳的红

桃花园人开始在干活间隙会频繁地

仰望太阳，虔诚地倾听来自

太阳的红色声音，晚上太阳休息时

也会时不时望望天空

年轻一辈竟然很少有驼背锅腰的人了

最大的桃花园"红红的"像着了一场世纪大火

在这里，每个人的身体和灵魂都被点燃

全部变成红色透明的了

每个人每天都红红火火的，仿佛

一个个被火焰烧造和雕刻的红色雕像——

石根村

桃花园里共有九九八十一个村子
有猛虎村、狮子村、水牛村、铁头村
酒缸村、神木村、绵羊村等

猛虎、狮子村的人威猛、刚强
黄牛村的人擅驯养黄牛
酒缸村的人擅酿造烈酒
铁头村的人脾气犟得厉害
据说咬着屎头子也会犟上半天
打制的铁器锋利、坚韧，经久耐用
神木村的人善于制作木质家什
住的屋子也是木质的
据说是得到了鲁班的真传

而绵羊村的男人性子绵软
祖辈上的男人都怕老婆，远近闻名
自从出了个叫杨八的叛徒
整个村子越发抬不起头来
男人成了桃花园人嘴里"鼻涕货"的代名词

为了让绵羊村能够雄起

绵羊村的长老派专人

前去五百里外的泰山取经

经高人指点，在村后土地庙附近

栽了一根两米粗、三人高的采自泰山的石柱子

栽上以后，有专人浇水

绵羊村的后人也逐渐硬朗起来

村名也被改为"石根村"

据说那石柱子栽上后一直在长

数年间竟然又长了不少"海拔"

成为桃花园里唯一的一座"山峰"——

陈八爷

陈八爷爬墙上屋犹如落花飘风
年轻时走南闯北，是桃花园里少见的
雄伟人物，却是孤独终老

有人说他年轻时在戏班里当过武生
曾为救一个戏子
夜闯土匪花脖子的山寨
而如履平地，毫发无损
后来加入了胶高支队
成了黑军闻风丧胆的英雄
还有人说他也曾为地主家的小老婆出过头
被降职回家务农

但桃花园人只记得他独创的"武秧歌"
说书人一段经典说辞就是讲陈八爷的：
"茂腔和文秧歌咿呀罢了，
但见陈八爷乘着酒兴，
踩着高跷，翻着筋斗，
自远处车轮般翻滚而来，

最后，一个漂亮的后翻，

稳稳地站定在八仙桌上，

举过头顶的是一包红绸子裹的银圆彩头"

陈八爷曾用这些赏赐在桃花园

过了一段自得其乐的日子——

因为他终生未娶

"武秧歌"也没能真传下来

陈八爷年轻时风采我没见过

死的时候我却在场

当为他换寿衣的老人解开他上衣时

均惊呆了，他的胸前和背后

文刺了大片大片的桃花

虽然皮老肉松，却依然鲜艳欲滴

隐　身

在正午的桃花园穿行，我经常还会听见
有人吃吃地笑，嘿嘿地笑
哈哈地笑，笑得花枝乱颤，似狐若妖

她们有时候在我前面、后面
有时在我的左面、右面
在每棵桃树的枝节处、杈丫处、伤口处

有时候又仿佛在土里、在天上
有时候在露珠、青草里、白云间
在某条小路神秘的拐弯处
有时会在短暂莫名的恍惚里
在清风里，在晴朗无边的虚空里
在一场又一场没有尽头的大梦里

她们仿佛在故意躲着藏着
和你有着不能逾越的界限
但我却能清晰地分辨出她们泠泠的笑声
体会到她们真切的善意

——小红笑的时候会使劲捂着嘴

叶子笑的时候眉毛会分开

小芬笑的时候，脸是一张红布

小夭笑的时候嘴角会尖翘上去

大花笑的时候灰尘也不敢近身

我能脱口喊出她们的名字却无法看见她们

她们已经在时光里隐身

在另外的世界过着我所不知道的生活

我想哭，但已经彻底没有了泪水

父　亲

我走的时候父亲还在。从记事起
父亲就已经嗜烟酒、嗜赌如命
酒后赌输后性子暴烈，如中邪魔
五十四岁时，突然性情大变
自此沉默寡言，判若两人

即使酒后，也只是昏然大睡
再无是非了——母亲从此过上了
相对安稳的日子
没想到十年后的某天，父亲咳嗽不止
母亲求神问卜，遍寻良医，均无效果
父亲最终在那年桃花败时撒手人寰

他临走前才对母亲道出实情
他背着我们，偷偷求了白胡子老头多年
才一次性得到两颗后悔药
两颗后悔药虽可以改变人的恶习
却以折尽二十年阳寿为代价

白胡子老头也因此后悔不迭

自此在桃花园蒸发，再无踪迹

父亲的死化解了母亲心中多年的怨怼

母亲说，她现在和父亲

经常在梦里那片当年相亲时的

桃花园里相见——在那里

父亲神情俊朗，像吃了仙丹

彻底成了母亲最早心仪的那个男人

阴　凉

母亲说父亲是飞走的，我们看不见
只有她能看见。因为病痛
父亲的身体最后急剧蜷缩成了
一个孩子昏迷时的形态

随着最末"唉——"的一声叹息
父亲的身体上空开始投影出
一个虚的父亲，唯一不同的是
他的胳膊变成了一双硕大的翅膀

他先是围着自己盘旋了三匝
又盘旋三匝
静静地看着我们跺脚、大放悲声
看着自己被抬上车，被亲人们
火化、守灵、骨灰入土后才向西南飞去

父亲说每到节日他还会回来看我们
但却只能在墓地相见了
他怕吓着后来出生的孩子

父亲的坟就在村北的桃花园里

母亲去干活时，捎着的水和点心

一半自己用，一半就给了父亲

干累了，就躺在坟头上睡一会儿

——这时，坟前壮硕的桃树

会悄悄俯上前去垂下了它的荫凉——

庵和庙

墨水河最终的流向是深蓝的大海

墨水河有一条最大支流叫碧沟河

碧沟河拐弯处先前有一庵

曰：桃花庵，有尼姑二三

还有一庙曰：桃神庙

有和尚四五。先前庵庙简陋、香火惨淡

近年匪夷所思的是，靠房产或拆迁

一夜暴富的信众越发众多

捐助的银钱颇丰，遂大兴土木进行扩建

并请来远方高僧住持

顿时香火鼎盛、远近闻名起来

尼姑将庵产的桃花开光秘制成一种丹药

据说可以驻颜；和尚们

将庙产的桃子开光冠以"佛桃"

据说可以扶阳固脱，延年益寿

胭脂和佛桃的功能越传越神

据说已彻底超过白胡子老头的"后悔药"了

——每年桃花盛开的时候

在庙前举行的庙会可谓人山人海

盛况空前——人们骑骡子跨马

从四面八方来此汇聚，表情肃穆虔诚

还有人从远方一步一叩首

跪爬而来——来到庙前时

膝盖、额头、手掌均鲜血淋漓——

渔人的报复

先前桃花园没有直接去往海的道路
所有的道路远远绕着海，躲着海
而转身去了别的地方。对于海
桃花园人先前的梦境里
有的只是怪诞、恐怖和野蛮

似乎一夜之间，海边长出了浩瀚的楼群
仿佛大海折射出的海市蜃景
据说，有人曾在此淘得了咂舌的宝藏
美人鱼会在月光下爬上外乡人的床

——引发了更多的人扑向了大海边
内陆的人很快变成了候鸟
每年风尘仆仆地飞到了这里
短暂停留，旋又千里万里地回返

海水开始被熊熊的欲火熬煮得动荡不安
一夜之间，桃花园通往海边的
所有山丘和树木都被铲平

所有的道路都伸向了海边

那年夏天，海风沿着旷达的通道
来到了桃花园，摧毁了许多老树
长老们说，这海风肯定是先前
被我们愚弄的渔人的魂，报仇来了——

倒着走路的人

近些年，在春天的桃花园里
你会看见许多操着各种口音
倒着走路的外地人
他们中有老人、中年人，还有青年和孩子

有的走得熟练，走得风快
脑后仿佛长了眼睛。有的歪三斜扭
被石头绊倒，浑身泥土
有的撞到了树上和篱笆上
掉到沟里河里——却如金刚护体
打个滚，爬起来继续倒着走路

他们说这么多年他们只有倒着走路
才找到桃花园的
他们说，倒着走路的好处玄妙无穷
——病人会找到健康，老人找到年轻
中年回到少年，少年回到儿童

会找到所有被丢掉的美好比如爱情

甚至还会得道成仙。这个方法
不知道出自哪里
很多远方的人却对此深信不疑
索性在此安营扎寨，赖着不走

多年以后，我开始四处打听这些
倒着走路的人，和他们的下落
有的走火入魔，有的可能
确实已经成仙，去了谁也不知道的地方

一群鸟人

桃花园里先前有个专门靠网鸟为生的人
认识各种各样的鸟。据说他的网
能到达云彩，还会用网设置迷阵
再聪明的鸟也逃不出他的手段

据说他网鸟也只是个掩人耳目的幌子
他的老婆孩子，他家的一切
都是他用网网回来的
这些年，政府严令不让网鸟了
他也老了，就在黑夜里偷着张开大网

终于闯下大祸：他在一个月圆之夜
竟然网下了一群鸟人，不
严格地说应该是一群长着人脸的大鸟
网下来的时候，因为挣扎
它们的白羽稀疏、鲜血淋漓
在地上倒着气，很像一些受伤的人

他吓坏了，感觉自己杀了人

赶紧报案自首，警察就将他逮捕了

说他犯了大罪

尽管专家们也说不清这是什么鸟

这群白羽苍苍的鸟就被鸟医护理着

上了救护车，嘴角突然蹦出了

"家！家——"的音节，吓坏了所有人

蝴蝶，蝴蝶

近些年，每当桃花盛开时，经常会
出现不少灰色的蝴蝶
它们成群结队，翅膀宽幅，样子难看

谁也不知道它们到底从何而来
仿佛有一天，你一觉醒来后
它们就栖满了无数桃花蕊中了

阳光下，它们几乎一动不动
仿佛是纸做的，被胶在了树枝上
或是赶了很远的路，已昏沉地睡着

据本地的长老们说，这种蝴蝶
以前从未见到过；来自远方的人说
只有天涯海角才有这种蝴蝶
可那么远是怎么飞过来的？一时成谜

而更多的人怀疑这些奇怪的蝴蝶
来自附近的火葬场

因为它们的颜色和骨灰几乎一个颜色

它们让人在梦中尖叫，引发恐慌

当它们最终被人用风泵吹散

却并没有飞走，反而干枯了似的

纷纷飘落，然后睁大眼睛也再寻不见——

快来了——

"快来了——"这些年我一直记得闲蛋
每次从瞭望树上下来时说的这句话
闲蛋虽然现在已经衰老不堪
再也爬不上瞭望树
但多年的瞭望让他的脖子比一般人
要长很多，眼睛也只看高处和远处
这句话在他的嘴里时不时
就会冒出来，"快来了，快来了——"

仿佛不经意间扔过来一块石头
每一次都会让我的心里慌慌的
每一次我都会感觉周围的树在摇晃
屋子在摇晃，人也在摇晃、模糊
让我感觉要地震了
实际上，桃花园自从建园开始
已经很多年没有地震或灾荒了

不知什么时候开始，桃花园人在相互传说
说是桃花园被一个神秘人物看中

要在这里建无数座上百层高的空中桃花园

桃花园人不用再去地里干活了

每天只躺在这些空中的桃花园中做梦即可

还说为了尽快让桃花园人过上神仙的生活

他们已经造好一个巨无霸机器

有几百个巨轮、几百只红绿的眼睛

几百米大的无坚不摧的大嘴

号称几天就可推倒一座山

大树在它面前就像一根根面条

它已经轰隆隆地向我们桃花园方向跑过来了

他们说得出了神，以至于很多人

都不想干活了，躺在家里练习做梦

梦里，无边的桃花只负责开放，再无结果

也许早就来了

"也许早就来了——"终于有一天
地师忧心忡忡地和桃花园长耳语
他说多年前还不时会听到
地下远古生物隐隐约约的动静
这些年，却猛然消失了

这让他更加不安，他说它们在地下
未知的深处进化得很快
简直已经到了匪夷所思的地步

他怀疑它们早已进化成了我们肉眼看不见
耳朵听不见、鼻子闻不见
类似于比鬼还要隐身的形态来到了人间
让所有的防御包括符咒都无法察觉

陆地上人太密集，天赐的耳目也不少
古老的出口被人监视多年
它们就选择从荒僻的海边登陆
它们最先将人心里的好鬼消灭

让人心迅速膨胀，将蜃楼顺利搬运到近处
然后迅速大规模地向内陆推进

地师曾暗暗去过海边的蜃楼
他说到了晚上不见一个人、不见一星灯火
他怀疑这就是它们最早的藏身之所
但这一次它们来到人间的方式极为隐蔽
就像我们已经不觉得
自己在人间的野心或欲望已经巨大——

桃花园深处

风一年年吹着，桃花园一年年老去
桃花园深处，有很多散落的土屋
简陋、昏黑、破旧——
仿佛一个个披着旧棉袄睡去的老人
他的梦就是这片浩瀚的衰老的桃花园

经常会有人从远方蹒跚着幻影般归来
拿着一把把生锈的钥匙
去开这些孤矮小屋的屋门
抖索着，却怎么也打不开了

或者屋门突然被什么力量猛然推开
里面的气流诡异飘出，携卷落花
形成气旋，将其挟裹着，甚至抛到云的高度

在桃花园深处，坟头按风水排列
有父亲大爷的祖父的桃花的
还有未知的，不知何故
坟头上的桃花总是开得异常艳丽

每年都有人在此披着白布磕头、焚烧纸钱

都是光有哭声没有泪水

风吹起，纸灰飞，落花飞，蝴蝶飞——

还有一些什么在飞，我说不清楚

经常会有陌生的大鸟在上空盘旋复盘旋

找不到落脚的地方

发出类似于人的叫声

经常会有大风从远方吼叫着吹来

吹到桃花园时，猛然停下了

脚步，"哗啦"卸下了一大堆枯黄的叶子

桃花仍将灼灼盛开

桃花园，桃花园，桃花园——
多少年来，我仿佛一直在一场虚幻中流离
归来时依然跌落在你的繁华时节
也算是有福的天佑之人

天还是先前那么晴朗、辽阔，桃花还是
先前那么艳丽，那么多人却已经
消散的消散、疯癫的疯癫
虚空里，我听到了白胡子老头悠长的喟叹

桃花园，桃花园，桃花园——
我仅在此用一壶浊酒浇我多年的惆怅
用一本诗集焚烧在土丘陵泽
来消解我早年梦中迷失的罪过
用我干裂的哭声，来彰显人间盛大的寂寞

桃花园，桃花园，桃花园——
我梦游的时候还是一翩翩少年
归来的时刻，两鬓已斑，步履蹒跚

桃 / 花 / 园 / 记

人生纵有良辰美景，也终有散场的时刻

推土机、推土机——我已经隐约听见推土机
从远方向这里掘进
它的轰隆声，它搅起的滚滚烟尘
隐藏了蚂蚁般喧哗的人群
一切都将消失，仿佛一个巨大的泡影

可在另外一个世界里，我坚信
桃花仍将一年一度不负邀约、灼灼盛开
在那里，它只接受星空的指引
在那里，我将遇见所有消逝的好人

2018 年清明—2019 年清明断续写于胶州胶北桃花园和北京
卢沟桥畔
2019 年清明—2020 年夏至断续修改于胶北桃花园和北京卢
沟桥畔

　　我们经历的时代绝对是个让人惊讶的时代，在历史上，在别的什么地方未曾有过如此丰富的景象，也可以说，迄今为止，还没有哪个国家像现在的中国人一样，似乎前天还是个在地头上衣衫褴褛，运用古老的农具刀耕火种的"天人"，枕着土坷垃南柯一梦后，手中的锄头惊奇地变成了智能的机械，庄稼地里长出了摩天的大楼，牛羊变成了汽车，村庄成了城市。这是一个快速的时代，会让人产生幻觉，甚至是魔幻和玄幻的时代，所有古老的事物仿佛都装上了发动机，上了高速公路、高铁、飞机、时光机、梦的隧道等等，仿佛还没等我们准备好，就猝然被谁空投到了今天。当我们懵懂地揉揉眼睛，看着眼前蜃楼般的一切，在感叹时代伟力的同时，也会使劲掐一下自己的脸，看看是否是在做梦，眼前的一切是否会如绚丽的泡影般悄然散去。

　　从这一点来讲，我的《桃花园记》注定是以恍惚、梦幻、幻觉、魔幻、寓言、玄幻或者神话作为底色的这么一个作品，这也许就是这个时代给予它的先天基因吧。

　　我和这个时代的许多人一样，出生在农村，那是位于山东省胶州市西北部平原上一个叫"后屯"的村子，和高密搭界，域内有墨

163

水河和碧沟河断续流淌。几十年前，后屯村和中国大多数村庄一样，是封闭、落后和自足的，那时候，人们过着一种靠天吃饭，人、牲畜、神鬼、植物、庄稼、昆虫和平共处、相互依存的那么一种原始生活状态，人们用的器物绝大多数都是木质的、泥土和石头做的，吃的东西大多是从地里生长又用那些古老器物加工而成，生了病首先就是等、靠、挨，或者在家里的供桌上摆上几种简单的果实，烧香、下跪，默念着什么咒语之类，再就是找村里的神婆看看，用些怪异的方法祛除瘟邪。很多人一辈子都没去过医院，他们对待死亡的那种坦然、安宁的态度，让现在的人感觉不可思议。

我自小先天不足，体弱多病，内向，封闭，见识少，爱幻想冥想，有时候清醒一些，有时候恍恍惚惚，整天流着鼻涕站在胡同口或者在桃花园的树杈上躺着发呆，自己有时也难分清自己到底是在梦里还是在梦外。

这种状态有一天被什么突然打破了，首先是铁做的东西越来越多了，机器越来越多。机器的出现让缓慢松懈的时光一下子紧张起来，仿佛也被安上了很多个轮子，变得快速、急速、飞速起来，以至于在这几十年里，我虽然亲身经历过这个时代，当我真的要回忆、反刍并面对这个不可思议的时代时，竟然是茫然和不知所措的。不知道要从什么地方下手，才能抓住它的"牛鼻子"，将这个庞然大物较为丰满地呈现在人们面前。我曾翻阅过许多前辈诗人的作品，面对"时代"这个恒大的主题，不同的年代又有不同的诠释和解读，没有直接的路径可以借鉴。我经常会问自己，面对这个时代，自己到底可以提供什么样的文本才能和它快速的裂变、和它的丰富相匹配？

很长一段时间里，时代就像一块巨大的石头，卡在了我的生命里，我知道，我秘密地落下了一个名字叫"时代"的病灶，我注定要饱受它的折磨，不知道自己什么时候才能将它彻底消化掉或者吐出来。

因为家里穷，我十七岁开始就在外面做些简单粗陋的营生，例如建筑、装卸、烧锅炉、卖菜、贩水果、装修等等，风里雨里，风里火里，干了十几种"职业"吧！我很长一段时间出门都是低着头懵懵懂懂的，出门也怕见人，专找胡同走。更多的时间里，我沉浸在自己读过的书里，做过的梦里，默默做着自己的活，拒绝与人交流，仿佛怀着巨大的秘密，害怕泄露出去，再就是说话多了会头疼和莫名的疲倦。很长一段时间里，我成了一个另类，或被人讥笑为还没发育好的那一种人，但却是无比的敏感，别人不经意的一句玩笑也会饱受伤害——面色苍白，浑身哆嗦不已。很长一段时间里，我确实和这个社会是矛盾的，甚至不相容的。我经常会幻想自己像鸟儿一样生出翅膀，自由自在地飞翔，或飞进山林离群索居。现在想来，因为异常的敏感，我的成长真是伴随着泪水和常人不及的痛苦。但我最终还是长大了，成熟了，在社会上变得"聪明"起来，我知道这种"聪明"是什么换来的，那是我丢失了或者藏起了许多更加珍贵的东西。

而诗歌是一种自我抚慰或救赎的药吧！这些年，不管走到哪里，它与我总是如影随形，即使干耗费体力最厉害的装卸工作时，也会有笔头和纸头放在工作服的套袖里，有了想法就去厕所里快速记下来，我的身体里仿佛还有一只不知疲倦的小兽支撑着羸弱的我。年轻真好啊！那么累，但脑子的奇思妙想却裂变得那么快，肉身的疲累丝毫也没有影响到我的"创作"。诗歌真是个好东西啊！有时候它是给我荫凉的树影，给我温暖的水泥地，给我方向的星空，更多的时候，它类似于神的存在，庇护着我在桥洞在马路边在树杈上的睡眠。我想写一首诗，给我自己、亲人、朋友，也给我所经历的时代。可一路写来，碎片太多，满意的太少，再就是几首短诗也很难蕴含这么大的容量啊！

我像一个资质不高的匠人，在漫长的时光里，在某个角落里独自捏着泥偶，捏好一个，不满意，捏碎重来，再捏好，不满意，再捏碎重来。周而复始，蹉跎岁月，很快，我已经进入不惑之年了！皱纹深刻，头发稀疏，脾胃虚寒，我不知道我今生还能不能捏制一个自己比较满意的"泥偶"，作为向"诗神"祭献的小小礼物。

　　直到2018年清明，当我风尘仆仆地从北京又一次回乡祭祖，再次置身于北平原上这片盛开的桃花园时，在一个夜晚，在一张废纸上写下了"桃花园"这三个字的时候，我竟然一下子愣在了那里，泪水莫名而出，本来想写一首短诗的想法，却被纷至沓来的情感潮涌着冲散了。回想自己从出生到现在已经四十多年了，从懵懂无知到苦苦挣扎再到辗转谋生，实际上孜孜以求的不就是一个安宁的桃花园吗？可我从最初的桃花园走出，去远方寻找心中的桃花园时，我们目前拥有的桃花园还是那个我当时想象的桃花园吗？当我从远方的桃花园再次回到最初的桃花园，这个桃花园还是先前的那个桃花园吗？我不断追问着自己，都是，也都不是，桃花园在寻找的路上无时无刻不在发生着变化，以至于让我最终陷入了巨大的迷茫中。

　　寻找—迷失—寻找—无休无止，也许从古至今，从个体到时代，莫不如此，也许这正是人类的宿命所在。

　　这注定是个大时代，它的速度和让人瞠目结舌的变化，古往今来，尚无出其右者。因为快速，实际现象经常突破了社会规则，随便打开电脑，稀奇古怪的事情层出不穷。出生在这个时代的作家或诗人是幸运的，又是不幸的。幸运的是，这个时代不缺少出人意料、夺人眼球的"奇迹"或素材，稍做加工，即成文章。不幸的是，因为它的快速，很多突然出现的事物，你还来不及去思考、回味和沉淀，就草蛇灰线，稍纵即逝了！诗人的使命是忠于自己的情感或感受，艺术地呈现我们所经历的时代的"真实"，对于较远的记忆，因为有了时间的包浆、沉淀或发酵，语言表达就显得从容，更有意味感和延伸性，进而显出了张力。但对于"近前的生活"或"新鲜的当下"，就需要我们更深刻的情感激活、更锐利的目光、更多的素养，从而在文本抒发中以减少偏颇，彰显出公正。

所以，《桃花园记》在设置好大体框架后，我遵从了本能，首先写的是第一和第三关于童年和记忆的头尾部分——这些都是我最熟悉的并经由时间沉淀的生活，有些轻车熟路。

童年记忆是每个作家绕不过去的一个宝藏，但我在以前的作品中却呈现得不足，主要是我对这个宝藏的敬畏，不想因为我的拙劣和庸俗浪费了这些不可再生的天物。《黄帝内经》开头说"昔在黄帝，生而神明"，说的就是人在最初的时候都是接近于"神明"的，这个"神明"是母腹或者上天赐予我们的"元气"，部分作家较早利用了这个"神明"，创作出让我们惊讶的"元气之作"。遗憾的是，更多的人在后来的成长学习中，慢慢抛弃了这个"神明"，挥霍掉了"元气"，或者背离初心，从云端落到庸俗，误入歧途或走火入魔。处于"神明"时期的人的感受力是超凡脱俗的，能看到成人看不到，感受到成人所感受不到的那一部分，我认为这种感觉感受才是艺术的，是"神"的，独一无二的，是我们最珍贵的"能力"。如果说，艺术是一场现实中的修行，那么这个"神明"状态才是被我们丢失之后，通过觉悟修炼后最终要抵达的"道"，是真正的"桃花园"。

第二部分，也就是中间在城市漫游的那些章节，是我在写作过程中经受的最大考验。因为我的主要生活经验在乡村，虽然近些年来，城镇化的迅猛发展，打工潮的涌动，城市对于我来说，也不算是个陌生的所在，但不可否认的是我对城市在骨子里是有抵触心理的，很长一段时间，我一直在城市游弋，但我本质上仍然是个乡下人。我在骨子里习惯于鸟鸣虫吟，鸡撕狗咬，牛叫马欢，这种生活记忆无可替代。所以，我眼里的城市注定是那个乡下小男孩所看到的城市以及它所显现出的镜像。在这里，我用了"鸟人"这个意象，鸟人虽然在中外文学作品里均有不同的寓言诠释，但在我这里，"鸟"应该是乡村、自然里生命的象征，"人"应该是从自然走出、进化成城市生命的象征，"鸟人"就是一个矛盾又必须统一的生命。这种变异或异化的生命品种在城市漫游部分至关重要，也许就是另一把解析城市幻象的"钥匙"吧！

《桃花园记》是我平生第一首长诗，几乎融入了几十年来我对这个时代的更多感受、认知和艺术呈现。写长诗和写短诗不同，从我动笔开始，我心里就没有底，就怀疑自己是否有这个能力或能量来完成这个作品。最后，我像早期的"桃花园人"那样抱着听天由命的态度，经历了数次停顿（饱受煎熬）和数次重新动笔（"劫后"重生）。

文本中的"我"在童年时如果说是等同于我的本真感受的话，那么到了城市"我"已经不再是我了，或者说"我"已经异化，是无数个我的虚构综合体了吧！而回归后的"我"则是如梦方醒的我，虽然桃花园还在，但却要面对它即将消失的命运，真正的桃花园可能只在我们心中，它在我们的寻找中丢失，又在我们幡然悔悟时重新生长。当我磕磕绊绊反反复复终于完成的时候，才如释重负地吐了一口长气，仿佛先前的那块大石头终于落在了地上。这时候，作品的好坏似乎已经不是那么重要了！一个"孩子"终于出生，即使是不完美的，但也应该是"生而神明"的"特别"存在。接下来，它将坦然面对属于它自己的命运。写到这里，我只想说一句话就是，多少年过去，我还是那个乡下人，我依然没有多少见识，对于那些岁月，我只遵从了我的内心写了一些感受，它们有的来自现实，有的则源于梦中。

这本书杀青的时候，国外的疫情依然肆虐，中国虽然输入性病例时又增加，但却成了地球上难得的"桃花园"，许多出国寻找多年的人又花高昂的价格辗转乘坐铁鸟飞回这里寻找"旧巢"。北京夏日正式来了，有人说这病毒怕火，但诡异的是在一个蔬菜批发市场里又发现了踪迹，"疫情"也随气温一样骤然紧张了，繁华多日的大街上又变得空荡起来，机器人上街喷洒药水，窗外寂寞的蝉声让臭椿树的叶子愈发翠绿。有人在网上发问，这个世界会好起来吗？那些回答好起来的人，我想他们就是在心中已经找到了"桃花园"的人吧！

当我若有所思地抬起头，向远处凝望，有一只大鸟飘落在了枝头上，这是我来北京后见过的最大的一只鸟。它有着五彩的羽毛、沧桑的眼神、有力的爪子，当我回过神来激动着给它拍照时，它却扑扇着翅膀转瞬飞逝。我眨眨眼睛，以为这又是一个白日的幻梦，而在手机相册里，我却诧异地发现了一双模糊的巨大翅膀。

附

《桃花园记》简评
（按姓氏笔画排序）

陈亮是乡土文明的歌者，他在诗歌中建构了一个温情而哀伤的乡土乌托邦。在这个意义上，"桃花园"既是对"北平原"渐行渐远的乡土人情的一次实写，更是在象征意义上对人类精神故乡"桃花源"的一种隐喻。在回首与远行的情感张力中，陈亮用温润的笔触照亮了故乡的每一个角落，那些景物与人事因此而清晰地呈现在我们面前，宛然如一场迷梦闪现。陈亮致力于精神故乡的书写，这在当下的飞速时代，具有重要的诗学价值。他接续了自陶渊明肇始的诗学书写传统，以现代的诗学技巧对其进行改造、传承，堪称巨变时代的"诗的见证"。

——马春光　文学博士、青年评论家

桃花园，是人们梦中的乐园，神秘的故园，也是现实的家园。诗人陈亮以他深邃的情怀和奇特诡秘的想象，驾驭着这部长诗，从而穿行于时光的黑洞之间，描摹出久远的故土、后工业化时代撕裂的灵魂、人类所面临的持续而又前所未有的困境，以及无边的追寻和永恒的生命。显然，这是一部现代而又古老的寓言。

——叶梅　中国作家协会主席团委员、中国少数民族作家学会常务副会长、《民族文学》杂志原主编

陈亮的长诗《桃花园记》看起来像是一部公路小说、成长小说，

抒情主人公"我"顺着"墨水河"，在"忽明忽暗的梦境"中，讲述自己以及周围人的命运和经历。桃花园始于大火，万千变化，最后终于泡影。全诗八十一个小节，在形式上暗合了"九九归一"的意味。作品中的意象极其丰富，通灵的动物、植物和镜子，与诸多征兆密切关联的好鬼与恶鬼、飞天遁地的鸟、古怪的木雕艺人，奇崛的想象使得作品看起来怪诞不经，犹如一部游走在时空裂隙中的《山海经》。陈亮的意图自然不在于讲述一个怪力乱神的通俗故事，整部作品实际上是诸多理念的互搏。作品里的人与物简直令人眼花缭乱，然而细究之下，似乎又可以根据相似、相近的特征、属性大致归为若干类。比如，"墨水河"和"桃花园"象征的美满、幸福；"黑洞""黑暗""地下的世界"等象征的毁灭；"天""母亲""父亲""哑巴姐姐""干娘"以及"桃花园中那些花、草、树、河流、昆虫、牲畜、风、云、鸟儿"又可以归为一类，它们的出现和离去证实了我"体弱多病""偏爱孤独的事物"的孱弱命运。在第七十八节，陈亮还明确地交代"桃花园被一个神秘人物买下了，很快就要拆除、建楼房、工厂，庄户人不用再去地里干活"，无情地宣布了桃花园的终结，桃花园如梦幻泡影、如露亦如电，终究无法存在。

整首长诗显得柔美而又狠绝、温暖而又残忍。《桃花园记》体现出巨大的文体包容性，八十一首短诗没有一首是含糊其词的潦草之作，几乎每一首都可以独立成篇，相互之间又明显具有叙述上的连贯性，整体上统一于"九九归一"的内在规定性。作品的叙事风格会让人想起20个世纪的"寻根小说"和《九月寓言》，然而它又是一部纯然的诗歌，是以诗歌的形式完成的思辨录。所以，《桃花园记》体现出非常突出的跨文体写作特征。

《桃花园记》释放了巨大的历史想象力，它反映现实，但并不一一对应现实，因此要精确地拆分《桃花园记》中的概念、理念是困难甚至于是徒劳的。其实提到"寻根文学"，在当时，人们就已经意识到"远古和现在是同构并存的"（郑万隆语）、"文化制约着人类"（阿城语）、"文化的开掘根本上乃是一种对于生活的历史意蕴的观照与心灵的开掘"（吴秉杰语）。《桃花园记》也可以这样来看待，陈亮从现实的"北平原"出发，构建了一个庞大和精细的乌托邦，烛照出了现代社会醒目的精神残缺，堪称是文化寻根悲壮的再度出发。

——冯雷 北方工业大学中文系副教授，硕士生导师，日本东京大学JSPS外国人特别研究员

不可否认，正是这三四十年，我们本该百般眷恋的故乡，我们带着千百年的文化胎记和种族密码，由一代代人的生命和智慧遗存融合而成的故乡，正被一种外在的流光溢彩的时代幻象所淹没。当我走进陈亮的桃花园，就像走进一个陈年旧梦，里面的一人一事、一花一草、一景一物，都那么似曾相识。读到这些古老的散发着泥土芬芳的人名、地名、村名，这些五光十色，每每回想起来无不让我们感到亲切和恍惚的事物，我的眼泪就要掉下来了。初次阅读文本，仅从陈亮以八十一首短诗或并无必须联系的八十一个断章完成这首长诗，我就要对他的良苦用心和辛勤努力表示由衷的赞叹。仔细看过这首诗的目录，我们会意外并惊奇地发现，陈亮通过这首长诗不声不响地奉献给我们的，其实是一部我们多少已感到陌生的乡村辞典，就像塞尔维亚作家帕维奇的《哈扎尔辞典》、韩少功的《马桥辞典》。我没有问过陈亮是有意为之还是无心插柳，但从"一年一度的大火""大水""泥人""鸟人""桃花镜""鬼""葬"等等这些题目，我们便能清楚地看到，诗人虽然谨慎地掩盖着自己的野心，但他冒着被指责为碎片化的危险，在这部长诗中，别出心裁地为故乡的人群、物事和源远流长的沿革建立的，是一座诗歌的纪念碑和博物馆。

——刘立云 《解放军文艺》杂志原主编、第五届鲁迅文学奖获得者、诗人

陈亮的《桃花园记》是一部以幻觉、梦、魔幻、寓言、神话来解决当下或时代的长诗，他书写的不是一般意义上的现实，而是一种艺术的，蕴含张力的"现实"，是专属于他个人的独特发现和感受。他让我们和他一起在乡村和城市，封闭和开放、"现实"和"梦幻"之间漫游，唤醒了我们在几十年急速社会变化中被遗忘的也是最珍贵的那些记忆——也是另一种历史。

——刘福春　四川大学教授、中国社科院研究员、中国诗歌版本研究专家

陈亮的长诗《桃花园记》是一部杰作。从乡村现实生活的光泽声响到个体内心世界的山川起伏，从秉火梦游的少年梦幻到霜鬓归来的中年踟躇，从玄学般的种群记忆到社会学式的时代预感……《桃花园记》以个人史和故乡传的形式，向我们呈现出中国北方乡土世界丰盛的生存细节、情感结构，以及巨大历史转型之下那些复杂的、多声部的灵魂低语。绚烂的主体抒情与深沉的历史注视，在陈亮的笔下融为一体，就像桃花花瓣的正反两面同时铺展开春与秋的符码。或许，这一切在诗题中已经给出了暗示：如果说"桃花源"意味着某种悬置在文化结构深处、"无论魏晋"且终究"不复得路"的"源"式审美理想，那么"桃花园"则是从一开始便被放置在最真实最具体的时空坐标之中。诗人倾听、记录、解码着环绕这座园子的种种语言——动物的语言，风和庄稼的语言，柏油马路和推土机的语言。并且最重要的是，这所有的语言最终化入了一个人的生命言说：它们"和我是连在一起的/我们有着共同的但却看不见的根"。

——李壮　中国作家协会创作研究部研究员、青年评论家

陈亮献给故乡"北平原"上即将消失的桃花园以及在此消散或疯癫的亲人的长诗——《桃花园记》，既是一支慨然咏叹的悲歌，又

是一曲悄怆幽邃的挽歌，同时更是一首响遏行云的颂歌。诗人以生动鲜活的情态、丰饶瑰丽的意象、指意繁复的隐喻和"浩浩荡荡，横无际涯"的气势，书写着桃花园里的每一个曾经鲜活过的生命（生长在大地上的人、兽、禽乃至万物），刻绘着每一个或缱绻或决绝或明亮或黯淡的灵魂，集结起涡旋着快乐与悲伤、沉静与躁动、澄澈与混沌、明亮与幽暗、恒久与短暂、单纯与繁复的万千内心思绪；打捞起抗争与救赎、砥砺与承担、清醒与睿智、善良与温暖的人性吉光片羽；引领我们沿着星空的指引，诗意地重逢那些灼灼盛开的桃花和所有消逝的好人。

——李掖平　全国政协委员、中国作家协会全委会委员、山东师范大学教授、博士生导师、评论家

桃花在少年的梦中就开始燃烧，引出一个人、一群人、一族人的命运。这首长诗情节打动人心，而更深入人心的声音，如布谷笃定的叫声，提醒着我们：对故土及其与土地相依为命的人们的惦记和爱，有时会来自一种痛苦而不是美丽的地名。这首长诗是陈亮走入成熟诗人队伍的标志性写作。是诗人对土地及其生命的可靠描写，也是对自己内心的开掘，这种勇气闪烁着独特的光彩，仿佛灼灼盛开的花，生生不息的命。

——张洪波　时代文艺出版社原副总编、诗人

陈亮是一位生命的歌者，他用诗歌创造了自己的理想国。广袤的北平原上，桃花开了，又落了。星星、天空、月亮，远处的大海，布谷、乌鸦、母羊，还有雪白的蝴蝶，在桃花起舞的风中，抚慰了一个少年寂静孤独的岁月。这一首长诗是陈亮献给故乡的炙热心曲；也是诗人由乡而城、从少年到中年的成长史和心灵史；吃了后悔药的父亲、一生隐忍的母亲、哑巴姐姐、干娘、陈八爷、丫头们；鬼

魂、妖怪、上神、地师、鸟人，建构了大平原上现实性与神性交织的生死纪念馆。在时间的黑洞里，在时代的深渊里，爱与痛看起来都没有那么尖锐，唯有细微的光亮，与诗人内心的善良和美好一起穿越迷茫，寻找彼岸，获得拯救。

陈亮聚焦那一片桃花园，无数细小的事物和他生命中的曲折过往，缓慢呈现出丰饶的质感。遥远的想象，迫近的现实，沉重的历史，向生命最深处无限敞开，他赋予这一切以灵魂、音调、呼吸和触感。那些不能被表达的神秘之物，因为诗意而获得在场，并且被照亮。平原上最卑微的事物，都饱含了他最深刻的爱。在沉默中洗净尘埃，满身疲惫的我们，终于回到故乡。这首长诗让我一次次返乡，返回童年，这感觉如此美好，同一场不期而至的爱情。

——张艳梅　山东理工大学文学院院长、文学评论家

陈亮的长诗《桃花园记》是对改革开放历史语境下中国乡村建设与发展实绩所做的精彩的诗化演绎，诗人将观照视野聚焦于故乡——山东胶州的"万亩桃花园"的兴衰变迁之上，饱蘸情感的笔墨，动情书写了这块土地上的风物与气象、历史与当下，以及在这块土地上繁衍生息的勤劳朴实、可亲可敬的乡民。中国现代化进程中日益凸显出的城市与乡村的矛盾、梦想与现实的冲突、个体与群体的裂隙、挑战与应战的博弈，都在诗章之中得到了鲜明的彰显和具体的呈现。这部长诗由此达到当代史诗的艺术高度，体现出不可多得的美学价值。

——张德明　岭南师范学院文学与传媒学院教授、诗评家

陈亮的长诗《桃花园记》，让我重新感受到童年时光的倒流，那是我们这一代人共同的梦，是乡土中国最后之最后的"桃园牧歌"。桃花园的文字王国里有桃花人、桃花情、桃花般童年，正所谓千年

不惊的桃源梦。桃花依然灼灼盛开，桃花园文字里的魂灵永不消逝。

——张丽军　山东师范大学新闻与传媒学院院长、博士生导师、评论家

在每一位诗人的内心深处，都有一座桃花园。它作为现实空间的对立性存在，承载着诗之理想。诗人陈亮把他自己的"桃花园"，以文字的形式，表现了出来。这首长诗杂糅进历史记忆、宗教回声与现实精神困境。

陈亮用文字建造了一座桃花园空间，然后又把文字拆解掉，或者说文字自行隐退，只留下附丽在桃花园空间里的精神，自己运行自己，自己发展自己。桃花园是一个美好的异托邦，这个异托邦，既是回忆的，也是想象的，它永存，给人恒久的安慰。

——张厚刚　聊城大学文学院副教授、文学博士后、评论家

陈亮的长诗《桃花园记》篇幅浩大，由八十一节短诗组成，是诗人献给故乡的一曲抒情长调。诗人聚焦故乡"北平原"和"北平原"上即将消失的桃花园，展开富有历史感的诗意漫想。诗的结构如诗人生命中涌出来的泉流，看不出刻意的经营与雕琢，却有一种酣畅自如的整体感，似乎一切尽在诗人不经意的掌控之中。

诗中包含着一个精神皈依的主题，诗人不断抵近故乡的血脉，在这里发掘故乡土地上更深层的隐秘与传奇。在此，故乡的风景历历在目，故乡的人物栩栩如生，故乡的传说真切动人，一切似乎都有抹不去的故乡泥土气息，却又映照出诗人个人的心史。

在长诗的表层结构中，记忆与现实互为交错，乡村与城市互为对照，大致有一条历史性的叙述线索，隐含着个体命运在社会变迁过程中的深刻裂变。在长诗的深层结构中，却有一种内倾于神性的生命光彩，既映照出故园山水所怀抱的爱的丰腴，又映照出故乡人

物的素洁面孔，一切都是如此奇异，闪烁着幻美的光彩。诗与生命的联结往往有一个巨大的底座，对陈亮而言，这就是他的故乡，诗中呈现出一个与故乡土地心心相依的自我诗性形象。长诗的基调是沉郁的，有一种灼热的情感和真诚的灼痛倾泻在诗行之间，把读者引向对桃花园的诗性憧憬之中。在我的阅读视野里，《桃花园记》是新世纪长诗创作中最富有感染力并显示出美学独特性的力作之一，是新世纪长诗创作的重要收获。

——吴投文　湖南科技大学人文学院教授、文学博士、评论家

诗人陈亮的长诗《桃花园记》几易其稿，最终以八十一节，中国传统文化中最有意味的数字，完成了它的整体结构。他的这部作品不是向外的，不是那种张扬表达、炫技或布道。他是向内的，写给自己的，写给内心的一种诚挚的陈述。这种写作姿态，决定了它成为一部杰出的文学作品的可能性。它既是我们所生活的这个时代的某种象征，也必然会汇入文学的这条历史的长河中。作者通过真切的生命体验，亦真亦幻的叙述，具体生动的、切入生活与幻境中的人物，精确、明朗、平易的诗歌语言表达，完成了一首长诗的有难度的写作。它是属于诗的，属于艺术的。它具有了真挚的情感，有意味的形式和丰富的诗歌文化经验。它是一部优秀的、难得的长诗作品。

——林莽　《诗探索》作品卷主编、诗刊社编委、诗人

人都偏爱过去的生活，但离过去的生活越来越远，而越是离得远，过去的生活场景，就越像"桃花园"。直到"朴"的出现，桃花园似乎又复现了。朴是桃花园的主人，是那个纯朴天真的时代。一个是记忆中的桃花园，一个是按照记忆复制出来的桃花园，然物无非彼，物无非是。所以朴的离去，尽管是戳破，还是令他惆怅，心

灵总要有放处。诗是文学中的哲学，它关心人和精神状态。诗探讨根本性的问题，用抒情性的表达，揭示情感的本质。陈亮的这首长诗，处处都在触及人的心灵，而他的魔幻手法，让此意蕴更加突出。

——邹进　北京人天书店集团总裁、《诗探索》社长、诗人

陈亮的长诗《桃花园记》以作者故乡——胶州"万亩桃花园"为背景，展开了诗意空间。通过"我"的"童年记忆""城市漫游""回归"的时间主线，展示改革开放前后桃花园人"逐梦"过程中原始与现代，出发和生长交织的婆娑风貌，以及诗人对跌宕起伏的城镇化进程中多种社会现象的深切感受和本真思考；是一部乡村与城市、梦幻与现实、痛疼与欢欣交织的诗性"个人史"；也是一部大时代背景下地气氤氲、顽强掘进的文学画卷，堪称杰作。

——邱华栋　中国作家协会书记处书记、诗人、小说家

陈亮的长诗《桃花园记》，通过一个虚构的叙述者"鸟人"，讲述一个魔幻、怪诞的桃花园故事。但魔幻的寓意是表，现实是核，蕴含着作者对处在历史巨变中的乡村和农民现状的沉重思考，对土地未来的热切展望。在充满魔幻而怪诞色彩的叙事和抒情中，作者对当代乡土家园，和农民命运的焦虑、忧思和期盼，通过"变形"的想象手法，得到强烈的表现，具有很大的心灵震撼力。在这首长诗中，诗人陈亮展示出他对当代长诗艺术新的探索和成果。

——邱景华　福建省文联海峡文艺发展研究中心研究员、诗评家

陈亮的长诗《桃花园记》是历时两年完成的力作。长诗中跟随"我"在现实与梦幻之间游走，有时清晰，如电影中的分镜头；有时又让我们陷入某种迷茫，这和我们做梦的状态非常相似，貌似杂乱的，却又是合理的；作者找到了一种属于他自己的独特表达方式，

他在向我们呈现他所感受的岁月和时代，是个体的，又是众生的；他是在抒写一代人的命运，抒写人类"寻找—失去—寻找"的古老话题，抒写那些我们经历过，却又被我们遗忘的记忆。因而，这部长诗不管是对于作者本人还是我们这个时代都是重要的。

——苗雨时　廊坊师范学院文学院教授、诗歌评论家

陈亮的长诗《桃花园记》的一个鲜明特点是，运用了魔幻、梦境、寓言的表现技法，而这些技法的运用并非凭空捏造，而是根植于诗人切实的生活阅历和情感经验。因此，他诗中的"我"更具张力，混凝着一代人的心理吁求与影像。与其说他写的是个人奇特的感受和经历，不如说，他写的是我们置身的丰富的时代。可以肯定，这是一部为时代"立传"的倾心之作。

——罗振亚　南开大学教授、博士生导师、评论家、诗人

陈亮在长诗《桃花园记》中，完成了一次重塑时间的长途跋涉。他长途于逝去的时间，跋涉在记忆、现实和梦境的"北平原"上。这是又不仅是一首乡村生活挽歌，当疯癫与文明合奏、抒情与暴力互文，它们暗示着系统的失控、时间之不可挽回与人类终将跌入失乐园的永恒宿命。那个行将消逝的远处的"桃花园"亦成为现实与此在的一处镜（境）像。关于桃花园的细节、往事与梦境，没有人比他知道的更多。

——贺嘉钰　北京师范大学文学博士生、青年评论家

这是一部出乎意料的、令人惊讶的诗歌作品，如此玄秘、疯魔、热烈，又如此细腻、深情、警醒，必将给读者带来一种心身震颤的阅读体验。作为一位人们印象中当代乡土诗的代表性诗人，作者克服了长久以来当代诗所固有的书写中国乡村的局限和困难，依

托长久的乡村经验和对生存本质的精细琢磨，以布罗茨基所称"意识、思维和对世界的感受的巨大加速器"式的写作，完成了一次堪称"白日飞升"般的腾跃。作品想象轻盈超迈，意境梦幻玄奥，叙写形神相接；文本上则勾连古今，照映中外——陶渊明式的文学题目，莫言式的特定地理、但丁式的结构层次、卡夫卡式的寓言方法、蒲松龄式的人鬼共在、"鹅笼书生"式的时空相对论、弥尔顿式的咏叹口吻；直承《山海经》《楚辞》《聊斋志异》的文学传统，使众多神异而新颖的诗歌形象，屡屡得以发明。

用一个少年修仙记的故事外表，记忆和重述乡土与生命的神话般的存在，那典型中国风格的古老而亲切的本源，将生命和事物的真相告诉我们。这种对"内在真实"的揭示，彰显了作品在中国当下诗歌的价值与意义：与其说是一支"失乐园"式的浩叹与悲歌，毋宁说它更是一匹推入现代性中的特洛伊木马。作者怀着深沉的关切之问和忧患之思，在笼照着自我、笼罩着故乡，也笼照着当代中国的命运情境中，类似作品里的那位通晓鬼神动静和人间风物的"地师"，他，栽种出了一棵"瞭望树"，研磨出了一粒"后悔药"。

——姜念光　《解放军文艺》杂志主编、诗人

读陈亮的长诗《桃花园记》，很容易被他憨厚、朴实的叙述所感染，被诗中的场景、人物的鲜活而打动，进而不去怀疑诗中的场景、人物的真实性。但是通篇读罢，稍一反刍才恍然大悟，陈亮是用憨厚、朴实、有板有眼的语言娓娓道来，在诗中为我们设置了阅读陷阱。这首长诗，并不是写实性很强的作品，而是匠心独具的文学创作。诗中的场景、人物、包括抒情主人公"我"，都是"北平原"农耕文明向现代文明进程中的缩影。诗中带有明显的神话、寓言的色彩，有些章节我读出了《酉阳杂俎》的某些片段，但是，并不等于说这首长诗是超现实、超经验的。文学，尤其是诗歌的现实主义，

是典型化的，甚至是带有神性的典型化。陈亮的《桃花园记》，就是这样一首带着神性的现实主义的诗歌。诗中所描绘的是"过去时"的"北平原"乡村"桃花园"，是诗人站在今天的美学立场上的回望，回望不是要解决过去时的问题，而是要这些过去时的问题继续活着，来提醒人们今天的生活。当然，回望的真实目的是对尚未到来的未来提供指南。今天是个间隙，站在这个间隙里两头看，回望不是在甩贫穷、愚昧的包袱，更多的是要获得知愚而勇的力量。人如果想活得精彩，必须要摆脱过去时的沉沉隐晦的负担，方能轻松地走向未来。

书写本世纪之前的乡村文明进化史，史学家会使用代代相继的手法，而诗人则更喜欢用个人传记或个体心灵感受的笔法，诗人要在诗中现身。个体感受会带来鲜活与生动的艺术感染力，如陈亮的这首长诗《桃花园记》。用个体心灵感受的笔法书写的好处是，能对过去时发生的一切带来理解、对过去时的理解，是获得前行的重要动力。因诗人在诗中如感同身受般的抒写，而使诗中的场景、人物变得真实，进而诗人可以巧妙地使用神话与寓言的手段，让读者在难以察觉时就被带入诗人所设置的氛围中。由此"桃花园"很真实，诗中各类人物很可信。

可以这样说，陈亮的这首长诗《桃花园记》，是为20个世纪北中国平原的乡村文明进程史，写了一部传记。他把个人情绪、判断减弱，而让具体的（当然是他设计的）场景、人物动起来，发出声响。这是记史的手法，也是史诗的写法。

——商震 《诗刊》社原执行副主编、作家出版社原副总编、诗人、散文家

神作！这是神话与寓言般的写作。这必定是当代文学绕不过去的重要作品，在阅读中，我又看到了20世纪80年代汉语先锋小说家

们史诗般的创造力。朴素与深刻交织，幻美与现实同构，用一种九连环一样的美妙形式，环环相扣，缠绕又清晰地搭建了一个东方乡土世界的奇幻乌托邦。古老与现代、城市与乡村的冲撞，氤氲在文字里的无边无际的乡愁，对艺术表达边境的探求，对生存的灵与肉追寻，对大时代的见证与呈现，比几十万言的长篇小说，更具形式与内涵的超越。

——蓝野　中国诗歌网副总编、《诗刊》发展部副主任、诗人

　　陈亮的长诗《桃花园记》，写于清明而完成于次年清明，这是写作的精神对应，是故乡"北平原"的献词，亦是最后"乡土时代"的挽歌，这注定了该长诗的沉暗基调和记忆功能。这印证了个人成长史与乡土命运的共生结构。在词语中永生，在记忆中存活，这正是地方性知识涣散时代的写作命运和精神情势。从精神分析来看，长诗为我们剖示了一个个紧张、抑郁、焦灼而痛彻的灵魂切片。"桃花园"是乌托邦，是沙漏一样趋近于无的乌托邦。这是现实与幻象的黑暗传。如果有一束光存在，这只能是词语以及附着其上的记忆碎片。

——霍俊明　《诗刊》副主编、诗人、批评家

　　我与莫言老家很近，与陈亮老家也很近，就隔着一个高密东北乡的距离。高密东北乡乃为莫言的文学领地。而陈亮的呢？当是灼灼于胶州湾畔，灼灼于其家乡北平原的那片桃花园吧。我仿佛看到了那个置身于正在盛开的桃花园的陈亮，看到了他"竟然一下子愣在了那里"的样子——他哭了，他的泪水莫名而出，随着墨水河和碧沟河一起流淌。于是，他开始回忆、追问、寻找、迷恋、梦魇、魔幻，开始用他五彩斑斓却极富辨识度的经纬编织心中的桃花园。于是，我只想说，陶渊明的《桃花源记》，是写给精神的；而陈亮的

《桃花园记》，是写给灵魂的。

  ——牛钟顺　潍坊学院研究员，山东省作家协会会员暨文艺评论家协会常务理事